光文社文庫

文庫書下ろし

F
しおさい楽器店ストーリー

喜多嶋 隆

光 文 社

この作品は光文社文庫のために書下ろされました。

『F　しおさい楽器店ストーリー』目　次

1　イモは売れない

「あっ」と陽一郎《よういちろう》。「このエサ泥棒」とつぶやいた。

釣り竿を手にして、むかついた顔……。

エサをとられた空《から》の釣り針が、春風にふらふらと揺れている。


♪


3月中旬。湘南《しょうなん》・葉山《はやま》の沖。僕らは、カワハギ釣りをしていた。

僕とイトコの涼夏《すずか》が、陽一郎の漁船で釣りをしている最中だ。

カワハギは、釣るのがなかなか難しい。おちょぼ口で、器用にエサのアサリを盗《と》っていくのだ。

「こんなにアサリを盗られるなら、いっそこのアサリでボンゴレのパスタでも作った方がいいかもな」

陽一郎がそう言ったときだった。

「かかった！」という声。涼夏が、ゆっくりとリールを巻きはじめた。その釣り竿は、丸く曲がっている。

やがて、かなりいい型《かた》のカワハギが上がってきた。

「やるなあ、涼ちゃん何匹目？」と陽一郎。

「たぶん10匹目」と涼夏。僕と陽一郎は、顔を見合わせ肩をすくめた。

涼夏がカワハギを上手《うま》く釣る、その理由はわかっていた。

彼女は、眼に障害がある。落雷という事故によるかなりの弱視。だけれど、その分、ほかの感覚が人並みはずれて鋭い。

なので、海中でカワハギがエサを突《つつ》く、その微《かす》かな当たりがわかるのだろう……。


♪


「ちくしょう……」と陽一郎。またカワハギにエサを盗られたらしい。僕は苦笑。

「お前さ、本当に漁師やめた方がいいんじゃないか？　音楽に専念するべきだな」と苦笑したまま言った。

陽一郎は、地元・葉山の漁師の長男。同時に、僕らのバンドのドラムス・プレーヤーでもある。

「そうかもしれないな」と陽一郎。船の錨《アンカー》を上げはじめた。

涼夏が釣ったカワハギが10匹。僕が3匹。今夜のオカズには充分だろう。

陽一郎が船の舵を握る。漁港に向け、ゆっくりと戻りはじめた。

遅い午後の海。ゆったりとした潮風……。ディンギー、つまり小型のヨットたちが、風を白い帆《セイル》にうけて動いている。葉山名物、大学ヨット部の春合宿だ。

陽一郎の船は、7、8分走り、真名瀬《しんなせ》漁港に入る。船を岸壁につけ、陽一郎と僕が舫《もや》った。

「今夜は、カワハギの鍋だな」僕は言った。


♪


ダイニングにいい匂いが漂いはじめた。

夜の6時半。うち〈しおさい楽器店〉の二階にあるダイニングだ。陽一郎が台所に立ち、カワハギの鍋を作りはじめていた。

そのときだった。僕のスマートフォンに着信。音楽レーベル〈ブルー・エッジ〉のプロデューサー、麻田《あさだ》からの電話だった。

「やあ、涼夏ちゃんは元気？　どうしてる？」

「相変わらず。今日はカワハギ釣りをして、いまカワハギ鍋を食うところで……」と僕。

「それは美味《うま》そうだな」と麻田。「世界的なスター・ミュージシャンになっても、その庶民性を失《な》くさないで欲しいね」と言った。

「世界的なスター？」僕が訊《き》き返すと、

「ああ、そうだ。ちょっといい話がある」と麻田。


♪


「アメリカでも、同時に配信？」と僕。小声で訊いた。

「そういう事だ」と麻田。

予定されている涼夏のデビュー曲。それが、日本とアメリカで同時に配信される事になったという。

「それって……」僕は思わずつぶやいた。

「それほど驚かなくていいよ。これは、以前から計画していた事なんだ」

「以前から？」

「ああ……」と麻田。説明をはじめた。

〈ブルー・エッジ〉はロス・アンゼルスとニューヨークに支社があるという。

「そのロスの支社が、しばらく前からアメリカの音楽配信会社と交渉をしてたんだが、やっと話がまとまって、契約を結んだんだ」

「……それが、向こうでの配信？」と僕。

「そういう事だな。涼夏ちゃんのデビュー曲を、アメリカ全土に配信する。それが決まったわけだ」と麻田。

「つまり、テイラー・スウィフトや、アリアナ・グランデや、ビリー・アイリッシュと同じ土俵で戦うわけだ」と言った。そして、

「海外の曲を〈洋楽〉としてありがたがる時代は、とっくに終わっている。それがうちの社内のまとまった方針でね。まあ、世界にうって出るという事かな」

僕は、スマートフォンを耳に当ててうなずいた。

日本で一、二を争うレーベルの〈ブルー・エッジ〉だから言える事なのだろう。

♪


僕は、通話したままダイニングから廊下に出た。

「この件は、涼夏本人には話した方がいいかな?」と訊いた。

「それは哲也《てつや》君に任せるけど、難しいところだね。彼女にとって、それがプレッシャーになるかもしれないから……」

と麻田。僕はうなずいた。確かに、そうだ。

決して気が強くない涼夏の事を考えると、〈世界進出〉などというのは、プレッシャーになりかねない。

「じゃ、当分、その事は本人には言わないでおくよ」僕は言った。

「それがいいかもしれない」と麻田。

「ところで、そろそろ涼夏ちゃんが歌う楽曲を選ばなきゃいけないんだ」と言った。僕は、うなずいた。

「そこで、いろいろなミュージシャンから、候補の曲を出してもらおうと考えてね……」

「いろんなミュージシャン？」

「ああ、この3カ月ほど、現役の作曲家やシンガー・ソングライターなどに声をかけてきたんだ」

「へえ……」

「そんな中でも、特に積極的な反応を見せている2、3人に、うちに来てもらうことにした」

「〈ブルー・エッジ〉のスタジオに？」

「ああ、そうだ。実際に本人に会ってみる事になったんだが、もちろん君や涼夏ちゃんには立ち会って欲しいのさ」

「それは、いつ？」

「明後日《あさって》の午後3時から。来れるよね」と麻田。僕は、もちろんと答えた。

電話が終わりダイニングに戻ると、陽一郎と涼夏がカワハギの鍋を食べはじめていた。

「美味《おい》しいよ、哲《て》っちゃん」涼夏が、無邪気な声で言った。

♪


翌々日。午後3時。

僕と涼夏は、青山《あおやま》にある〈ブルー・エッジ〉本社に来ていた。

本社ビルの三階にあるBスタ。その調整室にいた。僕ら以外は、七十代にしてこの会社のCEOに返り咲いた青端《あおはた》と、おなじみのプロデューサー・麻田。

そして、若いレコーディング・ディレクターの吉川明子《よしかわあきこ》だ。

明子は、スイッチやフェーダーがずらりと並ぶいわゆる卓についていた。

「これから来る連中には、若い女性シンガーが歌う静かなバラードという事だけ伝えてある……」と麻田。僕と涼夏は、うなずいた。麻田は、館内電話をとる。

「ロビーにいる門田《かどた》さんに声をかけて、Bスタに来てもらってくれ」と言った。

「まず最初はいちおうプロの作曲家だ」と麻田。明子がプリントアウトした紙を僕らにも渡してくれた。その作曲家のプロフィールらしい。

KADY（本名・門田次郎《じろう》）。埼玉県出身。27歳。

15歳から作曲をはじめ、自作の曲をYouTube《ユーチューブ》などに投稿。

23歳頃から、プロのミュージシャンに楽曲の提供をはじめる。

これまで楽曲を提供したミュージシャンは、〈ＨＩＡＳＯＢＩ《ヒアソビ》〉、〈グリーン・ダイナマイト〉、〈おれたち裏切り組〉、〈男爵ＩＭＯ〉などなど。

それを見ていた僕は、

「この、〈男爵イモ〉って?」と訊いた。

「男性三人のユニットだよ。インディーズで何曲かリリースしてるけど、あまり売れてないようだ」と麻田。

「やっぱり、イモじゃ……」僕が言うと、麻田も青端も苦笑いしてうなずいた。

そのとき、調整室のドアが開き、社員に案内されて若い男が入ってきた。

いかにも音楽業界人のルックス。

シマウマのような変わったデザインのシャツ。パープルに染めた髪は真ん中分け。サイドは刈り上げている。黄色いセルフレームの眼鏡をかけていた。

「ども……」と言って入ってきた。

言うまでもなく〈ブルー・エッジ〉は超一流のレーベルだが、〈おれは、業界慣れしたプロだぜ。こんな所は、慣れてるさ〉とアピールしているようだ。

プロデューサーの麻田が、

「お待たせ、門田さん」と言うと、

「あの、業界じゃKADY《カディ》で通ってるんですけど」ぼそりと彼は言った。少し不愉快な表情をしている。かなりプライドが高いやつらしい……。

麻田が、微かに苦笑したのがわかった。ポロシャツ姿の青端は、ソファーに体をあずけて腕組み……。

「さて、デモ曲を聴かせてくれるのかな？」麻田が言った。KADYは、うなずいた。

1枚のディスクを取り出した。

楽器は持っていない。

どうやら、デスク・トップ・ミュージック。つまり、パソコンと専用のソフトだけを使って音楽を作っているらしい。これは、かなり以前からの流行だ。

吉川明子が、そのディスクをセットした。

〈さて、どんな曲か……〉という感じで、青端が腕組みをした。

♪

スマートフォンに着信。誰かの携帯が鳴った。
一瞬、そう思った。
ピコピコした音……。けれど、それは調整室のスピーカーから流れていた。

2　あいみょんに似てるけど

ピコピコという音は、5秒ほど続いた。

そして、ギターとドラムスが思い切り鳴りはじめた。

両方とも、明らかにパソコン・ソフトで作った音だった。

8ビート《エイト》で流れる音は、かなりボリュームが大きく、調整室に鳴り響く。ディレクターの明子が、素早くフェーダーを引いてボリュームを下げた。

ギターとドラムスの音が8小節流れたところで、ヴォーカルが入ってきた。

カン高い女性ヴォーカル。

ヒステリックともいえる歌声。これは、人間のシンガーが歌っているのではない。

〈ボーカロイド〉という音声合成ソフトで作ったバーチャルな歌声だ。

あんたは誰？　わたしは何者？
そんなこと、どうでもいいか
　わかってるのは　明日もまた
　　クソ無意味に転がっていくだけ
クソ無意味　クソ無意味……

そんな、やけくそ気味の歌詞。キンキンとした歌声が響き続ける……。

卓についている明子が、麻田にふり向いた。麻田は、ゆっくりと首を横に振った。

明子がフェーダーをさらに引き、スピーカーから流れる音が絞られた。

ＫＡＤＹこと門田が、麻田を見た。

「え？　これから、いいところなんだけど……」と言った。麻田は、肩をすくめてみせた。

「確か、静かなバラードという依頼をしたはずだけど？」と言った。

門田は、相手を小馬鹿にしたような表情を浮かべ、

「静かなバラードって、本気ですか？　いまの時代、どんな曲が配信サービス・ランキ

ングの上位に入っているのか、わかってるのかなあ……」と言った。

麻田も、青端も苦笑い。

「申し訳ないが、音楽業界の話をしたいわけじゃなく、いい楽曲が欲しいだけでね」

麻田が落ち着いた口調で言った。スピーカーからは、まだキンキンとしたヴォーカルが低く流れている。

「それなら、はっきり言って、これですよ」と門田。まだ曲が流れている調整室のスピーカーを指さした。

とはいうものの、その表情に不安な色がよぎる……。

〈うけなかったのか……〉

麻田は、腕組みをしたまま無言……。それを察したらしく、明子が曲の再生を止めた。

ゆっくりと、取り出したディスクをケースに戻した。

麻田は、

「今回は残念ながら、お互いの意見が合わなかったようだね」

そう言いながら、ケースに入ったディスクを門田に差し出した。

「ほ……本当にいいんですか？」と門田。「あとで後悔しても知りませんよ」と言った。

が、その強気な言葉とは裏腹に、表情に落ち着きがない。視線が揺れている。本人にしてみれば、意外な展開なのか……。

麻田は、相変わらず無表情。

「まあ、今後も頑張ってくれ」とだけクールに言った。

ソファーにいる青端は、ただ苦笑している。

門田は、怒りを爆発させるでもなく、おとなしくディスクを受け取ると調整室を出ていった。

かなり勢い良くドアを閉めたのが、せいぜいの抵抗だった。

「クソ無意味か……」麻田が、苦笑いしながらつぶやいた。

♪

麻田は、また館内電話をとった。

「ロビーで待ってる小野《おの》さんを、Bスタに案内してくれ」と言った。そして、明子が僕らにプリントアウトした用紙を渡した。

「つぎは、女性のシンガー・ソングライターだ」と麻田。僕は、その紙を見た。

小野奈緒美《なおみ》。大阪出身。22歳。

中学生の頃からギターを弾《ひ》き、歌いはじめる。

高校卒業後、上京。アルバイトをしながら、シンガー・ソングライターを目指す。

現在は、焼肉店のアルバイトで生活。

週に1回、下北沢《しもきたざわ》で路上ライヴ。各レコード会社にデモ曲を送っている。


そんなデータがプリントされていた。

やがて、調整室のドアが開き社員に案内されて彼女が入ってきた。

足元はスニーカー。少し色落ちしたストレートジーンズ。辛子《からし》色のTシャツ。

前髪は眉のところで切り揃えてある。ほとんどノーメイク。ギターのケースを手にしていた。かなり緊張しているのが、ひと目でわかる。

「お待たせ、小野さん」と麻田。微笑して「まあ、気楽に」と言った。

彼女はまだ硬い表情で、「よろしくお願いします」と言っておじぎをした。

緊張するのも当然だろう。まだアマチュアのシンガーが、日本で一、二を争うレーベルにやってきたのだから……。

しかも、麻田は音楽業界で知らない者はいない凄腕のプロデューサーだ。

「ギターで弾き語りだね？」と麻田。

彼女はうなずいた。ハードケースを開け、ギターを出した。

ヤマハのアコースティック・ギターだった。ヤマハのラインナップでも安い価格帯に入るものだ。

かなり使い込んで、ピックガードは傷だらけだ。

彼女は、慎重に弦をチューニングしている……。どうやら弦は新品……。今日のために弦を替《か》えてきたらしい。

やがて、明子がスタジオの防音扉を開けた。彼女は、ギターを持ってスタジオに入る。すでに、マイクがスタンドにセットされていた。彼女は、ギターを肩にかけ、マイクの前に立った。

明子がマイクの角度を調整し、スタジオから調整室に戻る。

「じゃ、自由にやってくれるかな」と麻田が調整室のマイクで言った。

彼女はうなずく。

「最終的に英語の歌詞がつくという事なので、歌はラララでいいですか？」という彼女の声がスピーカーから流れた。

「もちろん、オーケー」と麻田。明子は、すでに卓についている。

彼女は、深呼吸を一つ、二つ……。そして、ピックをそっと弦におろした。


♪


最初に弾いたのは、Gだった。

曲のイントロらしい。スローなテンポ……。

G……C……G……C……Am……

そして、マイクに向かい「ラララ……」でゆったりと歌いはじめた。

麻田も青端も、じっと耳を傾けている。

12小節ほど歌ったところで、涼夏が僕の耳に顔を近づけた。

「裸の心」とささやくような小声で言った。

僕は、微かにうなずいた。確かに……。コード進行やメロディー・ラインは、どことなく、あいみょんのヒットソング〈裸の心〉を連想させた。

曲はサビに入り、Aメロに戻り、やがて終わった……。

「ありがとう」と麻田がマイクを通して言った。

歌い終わった彼女は、ガラスごしにこっちを見ている。少し不安そうな表情……。

「少し待っててくれないか？」と麻田。スマートフォンを手にした。誰かにかけている。

「あ、相沢《あいざわ》君か？　ちょっとBスタに来てくれ」と言った。

♪

2、3分で、若い男が調整室に入ってきた。相沢という社員らしい。

二十代の後半か、せいぜい30歳ぐらい。ポロシャツにジャケット、スリムジーンズという姿だ。

麻田は、その相沢にうなずく。マイクを通して、

「いまの曲を、もう一度やってくれないか？　今度は自分の歌詞で歌って欲しいんだけど、いいかな？」とスタジオの彼女に言った。

彼女は、うなずく。また深呼吸……。ギターでイントロを弾き、歌いはじめた。

さよならを言うには
　ちょっと早過ぎるかなぁ
　　下北沢の曲がり角
　　　たそがれ色の風が吹き……

　そんな曲が流れ、やがて終わった。さっき来た相沢も、腕組みをして無言で聴いていた。

「オーケイ。ありがとう」と麻田。彼女は、ゆっくりとスタジオから出てきた。

　麻田が、

「彼は、うちの若手プロデューサーの相沢君」と彼を紹介した。

「相沢です」と彼は名刺を出し、彼女に差し出した。相沢は微笑し、

「あいみょんが好きなんだね」と彼女に言った。彼女は、照れたような笑顔を見せうなずいた。

「それはすぐわかるが、あいみょんとは違う何かがありそうな気もする」

　と麻田。相沢はうなずき、

「確かに……」と言った。麻田も同じようにうなずき、

「少し聴いてやってくれないか？」と相沢に言った。「わかりました」と相沢。

「良かったら、ほかの持ち歌も聴かせてくれる？」と彼女に言った。

3　そこに、切実な思いはあるか

焼き鳥のいい匂いが店に漂っていた。

午後6時過ぎ。僕と涼夏、そしてプロデューサーの麻田の3人は焼き鳥屋でテーブルを囲んでいた。

焼き鳥屋といっても、ここは青山だ。クールで洒落《しやれ》たインテリアの店内。モダンジャズのコルトレーンが低いボリュームで流れている。

葉山に焼き鳥屋はない。涼夏は、少し不思議そうな表情であたりを見回している。

僕は、ネギマをかじり生ビールを飲んだ。

「ひとつ、訊いても？」と麻田に言った。

「一つでも二つでも」と麻田。鶏《とり》の刺身を口に入れ、ハイネケンをひと口……。

「さっき歌った小野奈緒美って子は、ものになりそうなのかな？」と僕。

「それは、わからない。あいみょんまがいのアマチュアで終わるかもしれないし、何か別の展開が待ってるかもしれない。そこは、相沢君に任せてみるさ。彼は若いが、かなり鋭い感性を持ってるからね」

と麻田。また、ハイネケンに口をつけた。涼夏は、ツクネをひと口かじり、

「美味しい……」と言った。麻田が微笑してその姿を見ている。

「……それにしても……」と僕はつぶやいた。

「それにしても?」と麻田。

「先に来たカディってのは、確かにダメだった」と僕。

「ああ、問題外だったな」と麻田が苦笑。

「けど、あのカディの扱いと、後に来た小野って子への対応には、ずいぶんと差があったんで……」と僕。

「それが不思議?」

「まあ、不思議と言えば不思議で……」

僕はまたつぶやいた。

あの後、小野奈緒美には何曲も歌わせていた。若手プロデューサーの相沢が、それを

真剣に聴いていた……。

僕らは、その途中で調整室を出てきたのだ。

彼女は、まだスタジオで歌っているかもしれない。そして相沢がそれを聴いているかも……。

「あのカディと彼女には、決定的な差がある。言葉は古いが月とスッポンかな」

と麻田。苦笑いして、またハイネケンをひと口……。

♪

「問題は、楽曲の良し悪しなどより、それ以前にあるんだ」と麻田。

「それ以前？」

「ああ……。そのミュージシャンがどんなふうに生きてるかという事かな」

と麻田。二本目のハイネケンでノドを潤す。

「わかりやすく言えば、あのカディは音楽が好きなわけじゃないと思う」

「……」

「たまたまパソコンをいじるのが得意だった坊やが、専用のソフトを使っていま流行《はや》り

の曲を作ってるだけなのさ」麻田は言い切った。そして、

「つまり、ミュージシャンじゃなくて、若いが、ただ要領《ようりょう》がいい商売人だな。そんな人間に用はない」

「商売人か……」僕は苦笑い。

「そういう事。もちろん、すぐに消えていくだろうがね……」と麻田。「そんな商売人ミュージシャンがやり続けていけるほど、この業界は甘くないよ」


♪


相変わらず、コルトレーンが低く流れている。

「それに比べれば、路上ライヴをやってる小野奈緒美の方が可能性がある」

と麻田。僕もうなずき、

「少なくとも、彼女は音楽が好きだと思う」と言った。

「そういう事。曲を作る事、歌う事が好きで本気……それはすぐにわかったよ」と麻田。

そのとき、涼夏が顔を上げしばらく宙を眺めていた。そして、

「あの人、すごく真剣だった……」とつぶやいた。麻田がうなずく。

「そう……。真剣、あるいは切実な思いで何かを目指そうとしている人間だけに、本当のチャンスは訪れるんだ」

と言った。僕も涼夏もうなずいた。


♪


「そういえば……」と麻田。スマートフォンを手にした。誰かにかけている。

「ああ、麻田だが、今日来る予定だった水野《みずの》ノリオは？」と社員らしい相手に訊いている。

しばらく、相手が何か言っている。

「急用で来れなかった？……そうか……」と言い通話を切った。

「もう一人、来る予定の作曲家がいたんだが、急用が出来て来れなかったそうだ。怪しいな……」

と麻田。スマートフォンで、別の相手にかけている。

「ああ、私だ。作曲家の水野ノリオが、そっちに行ってないか？」と訊く。相手が何か答えているらしい。

「やはりか……」と麻田は言い苦笑した。通話を切り、「どうやら、〈ZOO《ズー》〉に買収されたらしい」と僕に言った。

「あの〈ZOO〉に……」僕はつぶやいた。

〈ZOO〉は、大手のレコード会社。ブルー・エッジのライバルといえる規模のレーベルだ。

その〈ZOO〉は、中国の資本に買収され、それ以来、悪どい妨害をブルー・エッジに仕掛けてくる。

ミュージシャンやアレンジャー、さらには制作スタッフの引き抜きなどなど……。

「今日は、作曲家の買収か……」と麻田。苦笑いしながら、ハイネケンに口をつけた。

涼夏も、釜飯を食べながら、その話を聞いている。


♪


「それにしても、その作曲家が〈ZOO〉に買収された事は、どうして？」と僕。

「どうしてわかったか？」と麻田。僕はうなずいた。

「簡単さ。〈ZOO〉にこっちの息がかかった社員を送り込んであるんだ」と麻田。

「つまり、スパイ？」

「まあ、そんなところだな」麻田が苦笑いしながら、

「逆に、〈ZOO〉のスパイ社員もうちで仕事をしてるよ」と言った。


♪


「相手のスパイ社員？」僕は、思わず訊き返していた。

「ああ、3カ月ほど前に入ったバイトスタッフがそうだ。間違いない」

「それで大丈夫なの？」涼夏が箸《はし》を持ったまま訊いた。

「まあ、正体がわかってるから、たいした仕事はさせてない。ときどき、どうでもいい情報を握らせてやってるよ」と麻田。

「……スパイ合戦か……」と僕。

「音楽業界も決して景気がいいわけじゃない。おまけに、〈ZOO〉は〈デベソのマッキー〉で失敗してるから、必死だよ」

麻田が言った。

〈デベソのマッキー〉とは、竹田真希子《たけだまきこ》というシンガーだ。アメリカに留学していたと

いうふれこみで音楽活動をしていた。

肌を露出した派手なコスチュームで踊って歌うのが、彼女のスタイルだった。ヘソを出して歌うので、〈デベソのマッキー〉などとニックネームがついていた。

〈ZOO〉はそのマッキーに、かなりの予算をかけて売り出した。にぎやかで派手なミュージック・ビデオを制作して……。

けれど、配信サービスの初速はよかったものの、あっという間に失速し、ヒットチャートの圏外に消えた……。

完全な失敗だった。

「〈ZOO〉としては、つぎの新人探しに必死になっているようだ」と麻田。

「新人か……」

「ああ。新人のシンガーと新しい楽曲をドタバタと探しているらしい」と麻田。

「今日、うちに来るはずだった水野ノリオからも、かなりの金を払って楽曲を買おうとしてるのかもしれない」

と言い、また苦笑い。新しいハイネケンに口をつけた。店のスピーカーからは、相変わらずコルトレーンが静かに流れている。

「音楽の世界って、大変なんだ……」と涼夏がつぶやいた。

僕らは、横須賀《よこすか》線で葉山に帰ろうとしていた。

「まあ、大きな金が動く業界だからなあ……」僕は、つぶやいた。

「そんな世界に、わたしみたいな子がシンガーとしてデビューしてもいいのかなあ……」と涼夏。僕は微笑し、彼女の肩を抱いた。

「心配するな。涼夏は、自分らしく歌っていればいいんだ。あとは、おれが支えるし、麻田さんたちもバックアップしてくれるよ」と言った。

涼夏はうなずき、

「ありがとう……」と言った。僕の胸に体をあずけた。彼女の体温と、少女ならではの髪の香りを感じながら、僕は電車に揺られていた。横須賀線は、そろそろ北鎌倉《きたかまくら》駅に近づいていた。車窓の風景が、それまでとあきらかに変わっていく……。

♪

♪

葉山に帰ったのは、もう夜の10時過ぎだった。

まだ春先なので、観光客はいない。海岸通りにも人の姿はない。

夜道には車もあまり走っていない。

真名瀬の砂浜から、波音だけが聞こえていた。潮の香りに、心がなごむ……。

僕らは、店の前までやってきた。出入り口のドアを開けようとして、ふと異変に気づいた。

ドアのガラスが割れている。ドアノブに近いところのガラスが割られていた。

誰かが店に侵入した。それは、たぶん間違いないだろう……。僕は、

「下がってろ」と涼夏に言った。涼夏は、硬い表情で3歩ほど下がった。

僕は、ノブを回してドアを開けた。中に、侵入者がいるかもしれないので、そっと暗い店に入る……。

サスペンス映画なら、警官が両手で拳銃をかまえて慎重に部屋に入るところだ。

4　なぜ、フェンダーに手を出さない

映画に出てくるＦＢＩのまねをしたわけではないが、僕は少し身をかがめて店に入った。

が、銃を発砲してくるやつはいない。殴りかかってくるやつもいない。

静まりかえっていた。

3秒……5秒……7秒……。僕は、壁際のスイッチに手をのばす。思い切って店の照明をつけた。

店内は、がらんとしていた。誰もいない。ふっと、ためていた息を吐いた。

出入り口から顔を出し、

「大丈夫だ」と言った。涼夏は、恐る恐る店に入ってきた。

「もの盗りか……」僕はつぶやいた。スマートフォンを持ち葉山警察署の番号にかけた。

♪


15分後。

「哲也、空き巣狙いだって？」という声。

以前からの顔なじみ、葉山警察署の巡査・常盤《ときわ》が同僚を連れてやって来た。

常盤は、ごつい体格で、いかにも警官というルックス。だが、超がつくほどのロックマニア。

しかも、昔のロックに目がない。

いまも、壁に飾ってある〈Deep Purple《ディープ・パープル》〉のレコード・ジャケットに視線を走らせている……。

常盤は、このLP盤を欲しがっているのだ。けれど、少し年下の同僚がいる手前、それは顔に出さない。

「で、被害は？」常盤が僕に訊いた。

「いまざっと見回してるんだが」と僕。「ギターが1台盗まれている……。だが、なんか変なんだ」と言った。

「変？」と常盤。僕は、うなずく。

店にあるギターの約半分は、スタンドに立てて並べてある。あとの半分は、壁にかけてある。

スタンドに立ててあるのは、国産でわりと安いギターが多い。客が気軽に手にとって触れるように……。

比べて、壁にかけてあるのは海外一流メーカーのものが多い。

フェンダーのテレキャスター、ストラトキャスター。ギブソンのレス・ポールなど……。

そんな中、スタンドの一番手前に立ててあった1台のアコースティック・ギターが見当たらない。どうやら盗まれたらしい……。

国産メーカーの中古品。確か、2万円の価格をつけてあった。

壁にかけてあるフェンダーやギブソンは、10万円台、20万円台の値札をつけたものが多い。

「楽器店に盗みに入ったら、まず高いものに手を出すんじゃないか？」と僕。常盤も、うなずき、

「しかも、1台しか盗んでいないってのも変だな」と言った。

僕と常盤は、顔を見合わせた。

「理由はわからないが、被害は2万円のギター1台と、ドアのガラスを割られた事か」と常盤。

「とりあえず、そうなるな」と僕。

同僚らしい巡査が、店内やドアの写真を撮っている。それも一段落。

「犯行推定時刻は？」

「全くわからない。昼過ぎから〈臨時休業〉のプレートを出して東京に行ってたんだ」

常盤は、うなずく。

「いちおう、明日、署に来て被害届を出してくれ」と言った。壁にかかっているLPのジャケットにちらりと物欲しげな視線を送り、店を出て行った。


♪


「ん……」僕は思わずつぶやいた。

常盤たちが帰って30分後。ほかに何か盗まれていないか、店の隅々まで見て回っているときだった。

店の奥に、古ぼけたソファーとテーブルがある。そのテーブルには、音楽雑誌やスコアー、つまり五線譜《ごせんふ》が重ねてある。

スコアーは、かなり前に僕が書き散らしたギターの譜面だった。僕がミュージシャンになろうとした頃に……。

♪

僕の親父《おやじ》、牧野道雄《まきのみちお》は、かなり名の知れたギタリストだった。

若い頃は、プロとしてステージに立っていた。その頃流行っていたフュージョン・バンドのリードギタリストだった。

当時はそこそこ売れたらしい。が、やがてフュージョン・ミュージックのブームも去り、バンドは活動を休止、事実上の解散だった。

その後の親父は、この楽器店を細々とやりながら、スタジオ・ミュージシャンとしての仕事をしていた。

僕は、そんな親父を見て育った。歩きはじめた頃には、もうギターをいじっていた。

自転車に乗れるより早く、ギターでF_7のコードを弾ける子供だったという。中学生になると、陽一郎たちとバンドを組んだ。中学生のバンドといっても、レベルは高かったと思う。ときどきは湘南のビヤガーデンなどで演奏してギャラを稼いだものだった。

そんな僕らに、17歳のとき、チャンスがきた。

大手ではないが、あるレコード会社に送ったデモ曲が認められたのだ。いわゆるインディーズだが、CDをリリースできる事になった。

僕らは、燃えた。僕は、毎日のように曲を作り、それをアレンジした。

その頃、書き散らしたのが、ここに積んであるスコアーだ。

18歳の夏に僕らのCDはリリースされた。もちろん大ヒットするわけはないが、一部の業界人からは評価されたようだ。親父も喜んでくれた。

そのとき使った五線譜が、そのままここに積んであったのだ。

書き散らしたスコアーだが、それなりの愛着はある。かなりきちんと積み重ねてあったはずだ。けれど、そのスコアーの山が、崩れかけていた。

僕は、涼夏にふり向いた。

「最近、このテーブルの辺、掃除をした？」と訊いた。涼夏は、首を横に振った。

「全然……」と言った。

僕は、うなずく。その崩れかけているスコアーの山を見ていた。誰かがこれを探ったのだろうか。もしかして、店に侵入した誰かが……。

もしそうだとしたら、なんのために……。僕が、そんな事を考えているときだった。

「あ……」と涼夏がつぶやいた。


♪


「どうした？」

「なんか、匂いがする」と涼夏。クンクンと店内の空気を嗅いでいる。

「匂いって？」と僕は訊いた。

「……なんか、香料みたいな……」

「香料？」

「たぶん、化粧品みたい」と涼夏がつぶやいた。

「化粧品って、香水とか？」訊くと涼夏は首を横に振った。

「なんか、男の人が髪につけるものみたいな……」

「整髪料か……」と僕。あたりの匂いを嗅いでみる。けれど、なんの匂いも感じない。人並みはずれて嗅覚の鋭い涼夏だからわかる匂いなのだろう。

もしそれが男の整髪料だとしたら、ここに侵入したやつのものかもしれない……。断言は出来ないが……。


♪


「なんだか、怖い……」

涼夏が、僕の胸に体をあずけてつぶやいた。

深夜0時過ぎ。

割られたガラスには、ありあわせのベニヤ板を張って応急処置をしたところだった。

二階の部屋。僕らは、歯を磨きひとつのベッドに入った。あるときから、涼夏は僕のベッドで一緒に寝るようになっていた。

「心配するな、ただの空き巣狙いだ」僕は涼夏の肩を抱いて言った。涼夏の髪からは、リンスの香りが漂っていた。

そのときだった。僕は内心で〈もしかしたら……〉とつぶやいていた。

店に侵入して2万円のギターだけ盗んでいった犯人。20万円台のフェンダーには手を出さなかった。それは、どう考えても不自然だ。

ただし、もしそれが偽装《ぎそう》だったら……。

犯人の本当の目的は、店の奥にあった古いギター雑誌。あるいは、僕が書き散らした五線譜……。

それを探るために、店に侵入した。が、何も盗らないのでは不自然なので安いギターを1本だけ盗んでいった。

そんな可能性もなくはない……。その目的はまるでわからないが……。

僕がそんな事を考えていると、涼夏が体を寄せてきた。

僕はふと思い返していた。イトコの涼夏と同じベッドで寝るようになったのは、いつ頃からだったのか……。

♪

親父の道雄には弟がいた。孝次《こうじ》という彼は、ギターひと筋の親父とは対照的な秀才肌のエリートだった。

慶應《けいおう》大学を卒業すると、大手の商社に入った。結婚した相手も聖心《せいしん》女子大を出ている。

そんな両親の長女として涼夏は生まれた。真一《しんいち》という弟がいるけれど、その子も小さな頃から勉強ができる優等生だった。

そんなエリート家庭にあって、涼夏は異色だった。もっとはっきり言えば、異端児だったと思う。

勉強より体を動かすのが好きな子だった。

同時に、海が好きだった。休みになると、横浜の自宅から葉山にやって来た。

特に夏休みは、葉山のうちにずっと泊まっていた。

イトコの僕と泳ぎ、潜り、釣りをして過ごした。

僕にとっては、6歳違いの妹のような存在だった。涼夏が小学校に入る頃までは、海から戻ると一緒に風呂場でシャワーを浴びたものだった。

その頃の涼夏は、髪をショートカットにして、体はチョコレートのような濃い色に陽《ひ》灼《や》けしていた。

風呂場で水着を脱ぐと、まるで白い水着を着ているように見えた。

ただその水着の灼けあとがワンピース型なので、女の子だとわかるのだった。僕は、そんな彼女の体を優しく洗ってやったものだった。

♪

その涼夏も、いつしか一緒にシャワーを浴びるのを恥ずかしがるようになった。当然だけれど……。

あれは、涼夏が中学一年の夏だった。仲間の陽一郎が、

「涼ちゃん、どんどん可愛《かわい》くなるなあ……。いいよなあ、お前……」と言った。

「でも、涼夏はイトコだぜ」僕が答えると、

「イトコだから、どうだっていうんだ。イトコ同士でも恋愛も結婚もできるんだぜ」と陽一郎。

それを知らなかった僕は、「嘘だろ?」と言った。

5　その横顔を花火が照らしていた

「嘘じゃないって。恋愛や結婚もできるし、子供だって作れるのさ。調べてみな」
と陽一郎。僕はすぐにそれを調べてみた。確かに、その通りだった。

♪

ショックだった。
〈可愛い妹〉だった涼夏は、確実に〈可愛い女の子〉に変わろうとしていた……。
その夏休みが終わろうとする日、僕らは家の前の砂浜で花火をした。
紅《あか》い花火が、涼夏の端正な横顔を照らしていた。
彼女は、無心に花火を見ている。その長く濃いまつ毛を僕はじっと見ていた。
そして、ふと視線が下がり、微かにふくらみかけたタンクトップの胸元が目に入った。

眩《まぶ》しくもないのに僕は目を細め、そっと視線をそらせた。

さざ波がリズミカルに砂浜を洗っている。海岸道路をゆっくりと走るオープンカーから、〈You Are So Beautiful《ユー・アー・ソー・ビューティフル》〉が流れていた。

♪

その男が店に来たのは、4日後だった。

午後2時。店のドアが開いた。ストラトキャスターの修理をしていた僕は、ギターから顔を上げた。

一人の男が入ってきた。ストレートジーンズにポロシャツ。一応上着は着ている。カーキ色の薄いバッグを肩にかけていた。

三十代の前半に見えた。髪は耳にかかるほどの長さ。普通のサラリーマンでも、町役場の人間でもないようだ。

「こんにちは」彼はあいそのいい口調で言った。僕がうなずくと、

「牧野哲也さんですよね」と訊いた。訊くというより確かめるような口調……。

僕はストラトの修理をやめ彼を見た。

「わたくし、こういう者でして」とその相手。1枚の名刺を差し出した。

〈ミュージック・ライター〉という肩書き。そして、〈横田政男《よこたまさお》〉という名前が印刷されている。

住所は葛飾《かつしか》区。スマートフォンのメールアドレスと電話番号も書いてある。

「ミュージック・ライター……」僕はつぶやいた。

「ええ、音楽に関する情報や新曲の紹介を雑誌に書く仕事でしてね」とその横田。相変わらずあいそよく言った。

近くで中古CDの整理をしていた涼夏も、手を止めた。

「実は、おりいって訊きたい事があってお邪魔したんですが、ちょっとよろしいですか？」

と横田。僕は、軽くうなずいた。とりあえず、怪しい人間には見えなかった。


♪

「親父のバンド？」僕は訊き返した。

「ええ、お父さんの牧野道雄さんがリーダーをやっていたバンド〈フィフス・アベニュー〉。もちろんご存知ですよね」

横田が訊き、僕はうなずいた。親父がやっていたバンド名は、その通りだ。

「いま、あるギター雑誌が、〈あの隠れた名曲を探せ〉という通《つう》好みの特集を企画してましてね」

と横田。そのとき、僕の心に、何かがひっかかった。

〈あるギター雑誌〉……。なぜ、その雑誌名を言わないのか……。けれどそれは口に出さず、

「で？」と訊き返した。

「その企画の中で、あの〈フィフス・アベニュー〉も取り上げようという話が持ち上がりまして」

と横田。僕は、小さくうなずいた。

「そこでいろいろ調べたところ、牧野道雄さんは、ギタリストだけにとどまらず、作曲家としても優れた才能を持っていたという談話がある方からとれまして……」

横田は言った。確かに、〈フィフス・アベニュー〉のナンバーのほとんどは親父が作曲したものだ。けれど、

「それはよくわからないなあ。なんせ、おれはまだ子供だったから」

僕は言った。実際、〈フィフス・アベニュー〉が活動していたのは、僕が幼稚園児から小学生だった頃だ。

「なるほど」と横田。

「〈フィフス・アベニュー〉はいかにもマニア好みのフュージョン・バンドで5枚のアルバムをリリースしたんですが、その辺はご存知ですよね？」と言った。僕は、うなずいた。

その5枚のアルバムは、もちろんうちにある。

「実は、その5枚のアルバムに収録されていない幻の名曲があるという噂が、耳に入りまして」

「幻の名曲？」

「まあ、少し陳腐《ちんぷ》な表現ですが、そんな名曲があるのではないかという噂が、音楽業界内にありまして……」と横田。

「へえ……」僕はつぶやいた。まあ、あり得ない話ではない。

「もしかしたら哲也さん、お父さんからそんな話を聞いたことはありません？」

「録音していない曲？」

「ええ……。自信作だが、CDに入れてない曲があるとか……」

横田がそう言ったときだった。

「哲《て》っちゃん」と涼夏の声がした。こっちに来てと小さく手招きしている。

僕は涼夏と店の奥に行く。


♪


「あの人の化粧品の匂い……」と涼夏がささやいた。

「匂い？」僕はごく小さな声で訊き返した。涼夏はうなずく。

「空き巣に入られたあの日、店で嗅いだのと同じ匂い……」と僕の耳元でささやいた。

という事は、こいつが4日前に店に侵入したやつ……。

涼夏の嗅覚には、間違いがない。

僕は、素早く頭を回転させた……。

いま警察を呼ぶ事は出来るが、あまりいい手とは思えない。証拠が整髪料の匂いだけでは、いくらでも言い逃れできそうだ。それより、この男がまた店に来た理由をさぐる方が大事だろう……。

僕は、ゆっくりと店の奥から出ていく。

横田は、カウンターの前に立って何気なく店内を見回している。僕は平静な表情。

「もしかしたら、親父のものは二階にあるかもしれないな。少し待っててくれるかな？」

と言った。横田はうなずく。

僕と涼夏は、階段を上がり二階に……。僕はすぐさまスマートフォンを持つ。陽一郎にかけた。

「いま、どこで何してる⁉」

「家の前で軽トラを洗ってる」

「オーケー。じゃ、その軽トラですぐうちに来てくれ。訳《わけ》は後で話す」

「了解」と陽一郎。僕は通話を切る。

4、5分かけて、探しものをしたふりをした。そして、一階の店におりた。

「残念ながら、二階に親父のものはないなあ」と横田に言った。

「もしかしたら、借りてるレンタル・スペースに親父が弾いてたギターや譜面はあるかもしれない。探してみるよ」

「そうか、すまないねえ」と横田。

「いやいや、親父が作ったそんな名曲があるなら聴いてみたいし」と言った。心の中で、相手にアカンべをした。

「じゃ、なんかわかったら、その名刺にある電話番号かメアドにすぐに連絡をくれませんか。ぜひよろしく」と横田。

「もちろん」と僕は言った。


♪


横田が店を出て5秒後。

「臨時休業のプレートを出して、ドアを閉めておけ」僕は、涼夏に言った。

ゆっくりと店を出る。海岸道路を歩いていく横田の後ろ姿が見えた。

逆側。店のわきに、陽一郎の軽トラが停まっていた。

荷台に『昭栄丸《しょうえいまる》』と船名が描かれている。漁で獲《と》った魚を運ぶための車だ。軽トラはエンジンをかけて停まっている。僕は、その助手席のドアを開け乗り込んだ。

「いま店を出ていったあのおっさんを尾《つ》けるのか？」と陽一郎。

「釣りが下手《へた》なわりには勘《かん》がいいいな」

「頭がいいと言ってくれ」

僕らがそんな話をしていると、横田は海岸道路から右に曲がった。

そこには、コイン・パーキングがある。

すぐにエンジンをかける音が聞こえた。陽一郎が軽トラのギアを入れた。

やがて、トヨタの小型車がコイン・パーキングから道路に出てきた。逗子《ずし》の方向にステアリングを切った。

40メートルほどあけてこちらの軽トラもゆっくりと走りはじめた。

うちの店の車は、楽器やアンプを積むためのワンボックスカーだ。まさか、漁師の軽トラで尾行されるとは横田も思わないだろう。

「で、探偵ごっこをやる訳は？」と陽一郎。

僕は、事のなりゆきを話しはじめた。

♪


横田の車は、渚橋《なぎさばし》の交差点を左折。国道134号を走りはじめた。

道路の左側には逗子海岸が広がっている。ウインドサーフィンのカラフルなセイルが春の海に散っている。

風が弱いので、どのセイルもノロノロとナメクジのように動いている。

僕は、4日前、空き巣狙いに入られた事を陽一郎に話した。

「しかし、フェンダーやギブソンがあるのに、2万の国産品を盗むか……」

と陽一郎。ステアリングを握って言った。

「やつ、国産品の愛用者なのかもな」僕は、前を走っているトヨタの車を指さした。

6　スカ爺《じい》

横田の車は、時速50キロで134号を走る。

やがて、逗子海岸を過ぎ、トンネルを2つ抜けた。

2つ目のトンネルを抜けると視界が開け、左は材木座《ざいもくざ》の海岸だ。

右側にはウインドサーフィンのショップや洒落たカフェが点在している。

すぐに、滑川《なめりかわ》のT字路が近づいてくる。鎌倉の駅から歩いてきたらしいカップルたちが歩いている。

横田は、滑川のT字を鎌倉方向には右折せず直進した。鶴岡八幡宮《つるがおかはちまんぐう》には用がないらしい。
5、6分も走ると、由比ヶ浜《ゆいがはま》を過ぎ、稲村ヶ崎《いなむらがさき》へ。
カーラジオから流れるFMヨコハマが、アイドル・グループのにぎやかな曲を流しはじめた。陽一郎がボリュームを絞った。

横田の車は稲村ヶ崎も過ぎる。

「おっさん、どこまで行くつもりだ……」と陽一郎。

「箱根で温泉につかる気かな?」と僕。このまま走り続ければ、いずれ箱根にたどり着く。

左手に、七里ヶ浜《しちりがはま》の長い海岸線が広がっている。やがて、134号の右側に江ノ電が並走しはじめた。

横田の車が左のウインカーを点滅しはじめた。

七里ヶ浜の海に面した広い有料駐車場に入るらしい。

少し間隔をあけて、僕らの軽トラもゲートから駐車場に入った。


♪


ここは、湘南で一番広くにぎやかな駐車場だろう。

相模湾《さがみわん》が一望出来るロケーションで、駐車場の中には洒落たカフェもある。

いまも、平日なのに駐車場の半分ほどは車でうまっていた。

一番多いのは、若いカップルの車。車の中から水平線を眺めているカップルもいれば、手をつないで歩いているカップルもいる。

サーフボードを積んだ車も多い。けれど、今日はほとんど波がない。あてがはずれたサーファーたちは、ぼさっと海を眺めている。そんな駐車場を、横田の車はノロノロと動いていく。

「おっさん、がらにもなく海を見に来たのか?」と陽一郎。

「違うな。たぶんデートだ」と僕。

「デート?」

「ああ。ただし、相手はガールフレンドじゃないかも」

僕は言った。横田の車は、何かを探すようにノロノロと動いていたからだ。

やがて、ブレーキランプがついて、スピードを落とした。目指す相手が見つかったらしい。


♪

海に面して1台の車が停まっていた。かなり年代物の日産スカイラインGT、俗に

〈スカG〉と呼ばれている車だ。

横田のトヨタは、そのスカGのとなりにゆっくりと駐車した。

横田が車からおりる。スカGのドアが開き、白髪頭の男がおりてきた。

どうやら、ここで待ち合わせをしていたらしい。

スカGの男は、60歳ぐらいだろうか。白髪をリーゼント風に盛り上げている。濃い茶色のブルゾンを着ていた。ひょろっとした痩《や》せ型で、背はわりに高い。

横田とその白髪頭は、何か立ち話をしはじめた。

「男同士のデートか」と僕。

陽一郎は、5台分ぐらい離れた所に軽トラを停めた。僕は、自分のスマートフォンを出し陽一郎に渡す。

「おれの顔はばれてるから、あたりの風景を撮るふりをして、あの二人を撮ってきてくれ」

と言った。

「了解」と陽一郎。車をおり、ぶらぶらと歩きはじめた。

横田たちから5メートルぐらいの所でふと立ち止まる。海を撮るようなふりをして、連中にスマートフォンを向けた。

あたりでは、スナップ写真を撮ってるカップルや若い子たちが多い。横田たちは、陽一郎にはまったく気づかず立ち話をしている。

僕は、そんな様子を眺めていた。白髪頭のスカGはシルバーグレー。車高をかなり下げているようだ。

〈いい年こいてシャコタンかよ……〉僕は内心で苦笑していた。やがて、陽一郎が軽トラに戻ってきた。スマートフォンを僕に返した。

「5枚ほど撮ってきた」

「上出来」


♪


「お、品のいいミニじゃん」と陽一郎が言った。

葉山のうちまで戻ってきたところだった。店の前に、ミニが停まっていた。ペパーミント・カラーのミニ・クーパー。品川ナンバーだ。

店に入ると、プロデューサーの麻田と、レコーディング・ディレクターの吉川明子がいた。

なごやかに涼夏と話していた。

「やあ」と麻田。今日もダークスーツ姿だ。明子は、ホワイトジーンズに茶色のローファーを履いている。

ミニを運転してきたのは明子らしい。

「うちから曲を出しているミュージシャンが、今日から横須賀芸術劇場でコンサートをやるんでね」と麻田。「そのリハーサルをのぞいてきたんだ」と言った。

横須賀芸術劇場は、かなりメジャーなミュージシャンでもコンサートをやるホールだ。

そして、横須賀から葉山は、車ならせいぜい20分で来れる。


♪


「涼ちゃんに聞いたけど、空き巣狙いの被害にあったんだって?」と麻田。だいたいの事情は涼夏が話したらしい。

「で、その犯人らしいやつが、またやってきたとか?」麻田が言った。

僕は、横田が置いていった名刺を麻田に見せた。

「ああ、こいつか」と麻田が、つぶやいた。

「知ってるライターなのかな？」と僕。

「よくは知らないが、いろんな雑誌に記事を持ち込んで、なんとか食ってるやつらしい」と麻田。「しかし、こいつ、楽器泥棒をやるほど食い詰《つ》めてたのか……」と言った。

「その楽器泥棒の件が、ちょっと不思議で……」

「ああ、なんでもフェンダーやギブソンには手を出さないで、2万円の国産品を盗っていったとか？　それは確かに腑《ふ》に落ちない。その裏に何かあるな……」

僕はうなずき、その横田を尾行してきた事を話した。麻田は、うなずきながら聞いている。

「やつは、七里ヶ浜の駐車場で、この白髪頭と会ってたよ」

僕は言った。スマートフォンを出す。横田と白髪頭が話している画像を麻田に見せた。

そのとたん、

「ほう、スカジイか」麻田が言った。


♪

「え、知り合いなのか?」僕は思わず麻田に訊いた。

「知り合いというほどでもないが、同じ音楽業界の人間なんで、一、二度口をきいた事はある」

「同じ音楽業界の?」

「まあ、そう言えなくもない」と麻田。僕は、店の冷蔵庫から缶ビールを出す。麻田に渡した。自分でもひと口……。

「やつの本名は確か吉沢《よしざわ》というんだが、若い頃は、横浜のツッパリだったらしい」と麻田。

「ツッパリ……。いわゆる暴走族とか?」と陽一郎。

「そこまでじゃなかったようだ。ただ、車高を下げた車を乗り回して、ロックンロールをやってたらしい」

「ロックンロール?」

「ああ。映画の『アメリカン・グラフィティ』に憧れてたのさ」

麻田が言った。『アメリカン・グラフィティ』は、1962年のアメリカを舞台にした青春映画だ。

カリフォルニア郊外の町。走る車は、ど派手なアメ車。流れる曲は、ロックンロールやオールディーズ。髪型はリーゼント。まあ、そんな映画だ。

「あの世界に憧れたんで、リーゼントなんだ……」僕は苦笑いしてつぶやいた。

「で、やつはロックンロールを？」と陽一郎。

「ああ、十代からロックンロールやオールディーズをやるバンドを組んでたらしい」

「で、プロに？」

「まあ、小さなレコード会社から1枚だけアルバムを出したようだが、それだけだったとか」

「それだけ？」

僕が訊くと麻田はうなずいた。

「そういう事だな。ミュージシャンとしてのキャリアは、二十代の半ばで終わったが、その後も音楽業界で食ってきたらしい」

「レコード会社に入って？」

「ああ、見習いのディレクターとして、仕事をはじめたという。その後、フリーのディレクターとしてあちこちで仕事をしてきたらしい」

「フリーか……」

「まあ、フリーのディレクターといっても楽じゃない」と麻田。

「フリーという言葉の意味は、〈タダ〉でもあるし」僕は言った。

「そういう事。やつもディレクターの仕事だけじゃ食えないんだ、何か店をやってるらしい」と麻田。スマートフォンの画像を、あらためて見ている。

スカGのわきに立っている白髪頭……。

「もう60歳近いはずだが、いまだにリーゼント・ヘアーでスカGか……」とつぶやいた。

「なので、やつは〈スカG〉と呼ばれてるのか？」と僕。

「いや」と麻田。そばにあったメモ用紙にボールペンで走り書き。

「こう呼ばれてるのさ」

そこには〈スカ爺《じい》〉と書かれていた。

僕は、飲みかけのビールを吹き出しそうになった。眼の悪い涼夏は、メモ用紙に顔を近づけて読み、クスクスと笑いはじめた。


♪

「しかし……」と麻田。「この店に侵入した横田とスカ爺がなぜつるんでるのかな」とつぶやいた。

「そのライターのやつが言った〈幻の名曲〉の事にからんでるとか？」と僕。麻田は、「もしかしたら……」と言い、スマートフォンをとり出した。

7　愛は、ロング・アンド・ワインディング・ロード

麻田は、誰かにかけている。すぐに相手につながった。

「ああ、私だ。ちょっと調べて欲しいんだが」と言った。それだけで通じる相手らしい。

「ほら、元ロックンローラーのスカ爺、知ってるだろう？」

と麻田。相手が何か言った。

「やつが、そっちの会社と何かコンタクトをとっていないか、わかる範囲で調べてくれないか」

麻田が言い、通話は切れた。やたら短いが、それで用件はすんだようだ。

「いまの相手は？」と僕。

「ああ、あのZOOに送り込んである男さ」と麻田。

「ZOOか……。スカ爺とZOOにつながりが？」と僕。

「まあ、あり得ない話じゃない。さっきも言ったが、フリーのディレクターといっても経済的には楽じゃないはずだ。そこにZOOが目をつけても不思議じゃない」と麻田。

「それはそうと、そろそろ腹が減ってきたな……」とつぶやいた。もう夕方の5時半だ。


♪


「これは悪くない」と麻田。アジの刺身をひと口食べて言った。

30分後。僕らは、葉山町内にある店にいた。

〈フィッシュ・ダイナー葉山〉という魚介料理の店だ。葉山の海で獲れたものを出しているレストラン。陽一郎の船で獲れたものも、ここに卸《おろ》している。

いまも、陽一郎は厨房で店のオーナーと何か話している。

まだ時間が早いので、ほかの客はいない。洒落た店内に湘南ビーチFMが低く流れている。僕らは、テーブルで飲み食いをはじめていた。

涼夏と吉川明子は、シラスが山盛りの海鮮丼。

麻田と僕は、刺身をつまみながらジン・トニックを飲んでいた。

その麻田が、ショウガ醬油をつけたアジの刺身を口に入れた。そのときだった。

明子が麻田を見て微笑した。

「あ、麻田さん、青魚を食べるようになったんですね」と言った。

「まあね」と麻田。微かに苦笑して、「ここまで新鮮なものなら、食えるよ」と言った。

それまでの麻田は、アジやサバが苦手だったのかもしれない。

僕は、箸を止めそんな様子を見ていた。

〈麻田さん〉〈吉川君〉と呼び合う二人……。

麻田は音楽業界で知らない人間はいない凄腕のプロデューサー。吉川明子は、ブルー・エッジに入社して間もない新人ディレクター。

だが、この二人は親子なのだ。

♪

麻田は離婚している。6年ほど前の事だと本人から聞いた覚えがある。

娘の明子の親権は別れた妻にいき、明子の苗字は吉川に変わった。

が、明子は小さな頃から麻田が仕事をする様子を見て育ち、音楽の仕事に興味を持っていたという。

高校を卒業すると、ロンドンの録音スタジオに見習いとして入った。一流のスタッフたちに囲まれて、4年間腕を磨いてきたようだ。

帰国した彼女は、ブルー・エッジの入社試験をうけ、コネなしで合格したという。

その明子が麻田の娘だと知っているのは、ブルー・エッジの中でも上層部の二人だけらしい。


♪


僕が、そんな事を考えていると麻田のポケットで着信音。

麻田はスマートフォンを出し耳にあてた。

「ああ、私だ」

相手が話し出した。麻田は、落ち着いた表情でそれを聞いている。ときどき、「なるほど……」などと言いながら。

涼夏は、無邪気な顔で海鮮丼を食べている。が、明子は通話している麻田の表情を気にしているようだ。やがて、5分ぐらいの通話が終わり……。

「わかった。そのまま情報を集めといてくれ」と麻田。スマートフォンをポケットにしまった。

「予想通りだ。スカ爺はZOOとコンタクトをとっている」と麻田。「というより、ZOOの方でスカ爺にコンタクトをとったらしい」

と言った。ジン・トニックでノドを湿らす。

「ZOOが新人の女性シンガーをデビューさせるらしいという事は、もう裏情報として業界に流れている」

「女性シンガー？」と明子。

「ああ、いま聞いた最新の情報だとかなり若いシンガーらしい。22歳とか23歳とか……」

と麻田。

「うちが23歳の山崎唯《やまざきゆい》をデビューさせて成功させたのが、よほどダメージになったのかな」と言い苦笑い。

去年ブルー・エッジからデビューした山崎唯のナンバー〈Manhattan River《マンハッタン・リバー》〉の配信再生回数は、まだ伸びているという。

山崎唯は、いまファースト・アルバムの制作に入っている。それも、もうラストスパートらしい。

♪


「そこで、ZOOも若い女性シンガーを?」と明子。

「まあ、そういう事らしい」と麻田。

無邪気に海鮮丼を食べていた涼夏も、思わず箸を止めて話を聞いている。

「そのシンガーがどんなタイプなのかは、まだ極秘らしい。ただ、ZOOとしてはその女性シンガーをデビューさせるための楽曲探しに必死になっているようだ」と麻田。

「二度続けて同じ失敗をしたら、本国がZOOになんと言ってくるかわからない。上層部のクビが飛ぶかもな」と言った。

ZOOは、もともと日本のレーベルだった。が、2年近く前、中国資本に乗っ取られた。

表向き、会社の上層部は日本人だけれど、それを裏で操っているのは中国資本だという。

「それで、あのスカ爺にも声をかけた?」と僕。

「たぶん」と麻田。「スカ爺というより、音楽業界の誰かれなしに声をかけてるようだ。これはほぼ確実な情報だ」と言った。

麻田は苦笑いしながら、箸を動かした。淡い味がするホウボウの白身を、口に入れた。

「美味い……」とつぶやき、ジン・トニックをひと口。

「つまり、ZOOから声をかけられたスカ爺は、顔見知りの横田を使って親父が以前に作った曲を探し出そうとしてるのか……」僕もホウボウに箸を出しながら言った。

「まあ、そんなところだろうな」と麻田。

「人間、金をちらつかされると、どんな事もしかねないからな……」と言った。涼夏が、少し不安そうな表情になった。

「まあ、必要以上に心配しなくていいよ。……それにしても、アジもよかったが、この白身のホウボウはこれまた美味いな……」麻田が、言った。

♪

「あ、麻田さん」と明子。「醬油が……」と言った。

麻田が、ホウボウの刺身を口に運ぼうとしたとき、醬油がはねて紺のネクタイに飛んだのだ。

明子は、素早くティッシュペーパーを出すと麻田のネクタイを拭《ふ》く……。

「すまないね」と麻田。

僕は、そんな様子をさりげなく見ていた。

実の親子でありながら、それをいっさい表に出さず、仕事を進めていく二人……。その先には、どんな人生の展開が待っているのだろう。

淡々とやりとりをしている二人を見て、僕はそんな事を思っていた。

そして、ふと考えれば、僕とイトコの涼夏のいく先に待っているのは、どんな未来なのだろう……。

口をつけたジン・トニックは、微かに甘く、同時にホロ苦かった。

店に流れている湘南ビーチＦＭが、ビートルズの〈The Long And Winding Road《ザ・ロング・アンド・ワインディング・ロード》〉を静かに流している。


♪

その3日後。僕は、店で五線譜にオタマジャクシ、つまり譜面《スコアー》を書いていた。

店のオーディオから流れる曲を聴きながら……。それを譜面にしていた。

サラサラと譜面を書き、20分ほどで終わった。そこで、あのミュージック・ライター、横田の携帯にかけた。

「こちら、葉山の牧野だけど」と言うと、

「あ、ああ、牧野哲也さんだね」と〈待ってました〉という口調。

「例の親父が作った曲だけど、それが」

「あったのか!?」

「レンタル・スペースの中を探したら、それらしいやつが出てきて」

「本当に!?」

「ああ。ほかのスコアーにはタイトルがついてるんだけど、一つだけ、タイトルがついてない譜面があってね」

「そうか！」

「これ、どうしようか。そのギター雑誌で〈隠れた名曲を〉という特集をやるのなら、その編集部に送ろうか？」僕は、わざと言った。横田は、かなりあせった声で、

「いや！　それは私がとりにいくよ」と横田。「2時間後、いや1時間後でどう？」

いまは午後3時だ。「了解」と僕は答え、通話を切った。

♪

1時間と言ったけれど、45分後に横田は来た。早足で店に入ってくると、「で、その譜面は？」せかせかと言った。僕は、スコアーを入れた封筒を手にしていた。

「もし、この曲を何かに使うのなら、こちらの了解をとらなきゃならないのはわかってるよね」と言うと、

「もちろん」と横田。僕は、内心〈嘘つけ〉とつぶやいていた。

たとえば親父が作った曲でも、JASRAC《ジャスラック》つまり日本音楽著作権協会に登録していれば、勝手に使う事が出来ない。

けれど、やつの魂胆《こんたん》は目に見えている。著作権など、無視する気だろう……。

「じゃ、とりあえず、これ預かるね」と横田。その封筒を手に店を出ていった。店の前に停めたトヨタにせかせかと乗り込み走り去った。

♪

そろそろ……と思ったとき店の電話が鳴った。かけてきたのは、あの横田だ。

「はい、しおさい楽器店」と僕。ひと呼吸……。

「お前、どういうつもりなんだ」と横田。精一杯すごんだ口調で言った。

8　ペッパー警部がお待ちかね

「ん？　なんの事かな？　話が見えないが……」と僕。

「とぼけるんじゃないよ。この譜面はなんだよ」

「それが？」と僕。横田は、しばらく絶句していて、

「この曲が何か、知ってて渡したんだろう？」と言った。僕は笑い、

「なんだ、ピンク・レディーは好きじゃないのか」と言った。

横田に渡したスコアーは、ピンク・レディーの〈ペッパー警部〉だった。店にきた客の誰かが、〈1枚100円でいいよ〉と言い売っていった中古CDから、譜面に起こしたものだ。

「こいつ……大人をなめやがって……」と横田。

「誰が、そんなしけた顔なめるものか」

「……こんな事をしてどうなるか、お前わかってるのか?」

「さて、どうなるのかな」と僕は苦笑い。「いきがったセリフを吐くのはいいけど、自分の事を心配した方がいいんじゃないか?」

「自分の事?」

「そういう事。あんたが、うちの店に押し入ったのはわかってるんだ」


♪


10秒ほど無言……。やつの頭の中は、かなり混乱してるだろうが、

「……何を根拠にそんな事を……」と探るような口調。

「簡単さ。店の防犯カメラに、あんたの姿がしっかり映ってるよ」と僕。

「ドアのガラスを割って侵入して、譜面をあさって、最後にギターを1台持ち去る映像が……」と言った。

それは、はったりだった。うちの店には防犯カメラは設置していない。けど、そのはったりは充分に効いたようだ。

横田はさらに沈黙……。

「しかも、あんたが七里ヶ浜の駐車場でスカ爺とデートしてる画像も、しっかり押さえてある」僕は言った。横田はまた沈黙……。その口は、半開きになっているだろう……。アゴがはずれなければいいが……。

「まあ、楽しみにしてろ。ペッパー警部じゃなく、葉山署の刑事が、あんたやスカ爺のところを訪問するだろうな」

「も、もう警察には通報したのか……」

「いや、これからだ。あんたらの狙いがまだわからないからな」

「じゃ……1日待ってくれないか。こちらも相談して、明日連絡するよ……」

「執行猶予か……」と僕。「まあ、いいや。警察に連絡するのは、明日の午後まで待とう。だけど、それがリミットだ」と言った。


♪


翌日。午後2時過ぎ。うちの店。

「あれ……」と涼夏がつぶやいた。

「うん？」僕は中古CDの整理をしている涼夏を見た。鋭敏な彼女の耳が何かを聞きつけたのかもしれない。

「車のエンジン音……」と涼夏。

「なんか、ドロドロっていうエンジンの音」と言った。

「ドロドロ？」と僕。しばらくすると、わかった。改造してあるエンジンの音が近づいてくるのが聞こえた。やがて、店の前で停まった。

僕は、ドアを開けて外に出た。

案の定、あのスカGだった。車高を下げて、エンジンもいじってあるらしく、ドロドロという低い排気音が響いている。

運転席のドアが開き、スカ爺がおりてきた。スリムジーンズ。黒い革ジャン。真っ白い髪は、相変わらずリーゼント・スタイル。

さて、どう出てくるか……。店のドアが半分開いて、涼夏が心配そうな表情を見せている。

スカ爺は僕をまっすぐ見た。

「牧野道雄のせがれか……」と言った。

ほう、と僕は思った。スカ爺から親父の名前が出たのが意外だった。

「まあ、そういう事だが……」

僕は言い、スカ爺を見た。さて、喧嘩《けんか》になるのか……。僕は心の中で身構えた。斜め後ろで涼夏が緊張した顔をしている……。

その3秒後。「謝罪しにきた」スカ爺が言った。


♪


「謝罪？」と僕。

「ああ、そういう事だ」とスカ爺。

車の助手席のドアを開ける。あの横田を引っ張り出した。横田のエリ首をつかんで、車から引きずり出した。

「確かに、あのZOOから牧野道雄が作った名曲を探して欲しいとは頼まれた。そこで、こいつに探りを入れろとは言ったが、盗みに入れなどとまでは言ってないんだ」とスカ爺。

車から引きずり出された横田は、よろけて転んだ。その左目の下に、薄く青アザがある。スカ爺に殴られたのかもしれない。

「あれは私の勝手な判断でやった事で……申し訳ありません！」横田が転んだまま言った。

「それだけじゃないだろう」とスカ爺。

横田は、あせった動作で車からギターを出した。うちの店から盗んだアコースティック・ギターだ。

「すみませんでした」と言った。ギターを差し出す。

僕は、そのギターを手にした。

「ドアを壊した修理費は、いくらかかった？」スカ爺が僕に訊いた。

「3万」僕は言った。横田は、懐から財布を出す。1万円札を3枚出した。おじぎをし、

「とんだ迷惑をかけました」と言い、両手で僕に渡した。

僕は苦笑して、それを受け取った。

「これで済んだとは思っていない。犯罪を起こした事に変わりはない。こいつを警察に突き出すかどうか、それはあんたにまかせる」とスカ爺。僕は微かにうなずいた。

「考えておくよ」と言った。

「よろしく……。で、これはほんの気持ちだ」

とスカ爺。車から紙袋を出してきて、僕に差し出した。

紙袋に入っていたのは、崎陽軒《きようけん》のシウマイ弁当だった。2個入っているのは、僕と涼夏にという事だろう。

吹き出しそうになりながら、僕はそれを受け取った。横浜の人間なので、謝罪の手土産は崎陽軒のシウマイという事らしい。僕は、後ろにいる涼夏にそれを渡した。


♪

3分後。スカ爺は、うちの店を眺め、

「これが、道雄がやってた店か……」とつぶやいた。

「親父とつき合いが？」僕は訊いた。スカ爺は、微かにうなずいた。

「ギタリストとディレクターとして……」

「へえ……録音スタジオでか？」

「ああ、道雄のバンド〈フィフス・アベニュー〉最後のアルバムの録音直前まで……」

とスカ爺。革ジャンの内側から、スナップ写真らしいものをとり出して僕に見せた。

それは、親父とスカ爺のツーショットだった。

どこかの録音スタジオらしい。録音の合間に誰かが撮ったスナップだろう。

親父はフェンダーのストラトキャスターを肩から吊るしている。

そのすぐとなりに、スカ爺がいた。

〈フィフス・アベニュー〉最後のアルバムだとすると、15年ぐらい前になる。

親父は、40歳ぐらいか……。デニムのシャツを着てブラック・ボディーのストラトキャスターを肩にかけている。

スカ爺も、かなり若い。

まだ黒い髪をリーゼント・ヘアーにしている。親父のとなりで、つっぱった表情を見せて、カメラを睨《にら》みつけている。

15年前だとすると、僕は9歳。すでにギターはかなり弾けた。

「そういえば、あの頃、親父に聞いた事があったかな……」僕はつぶやいた。

「何を？」とスカ爺。僕は、しばらく記憶をたどる……。

「なんか、やたら生意気でつっぱったディレクターがいるとか言ってたかな……」僕が言うと、スカ爺は笑顔になった。

「そいつは、たぶんおれの事だな」と言った。そして、

「そんな事を言ってる道雄も、当時の録音メンバーの中じゃダントツに頑固だったよ」
そうかもしれない……。僕は胸の中でつぶやいた。
「そんなだから、親父と気が合った？」と訊いた。
「まあ、そんなところかな」とスカ爺。苦笑いしながら言った。

♪

「いま、こんな店をやっててね」とスカ爺。一枚のカードを出して僕に差し出した。薄いブルーの紙……。

スポーツ&ミュージック・バー
HAMAR《ハマー》

そして横浜市中《なか》区の住所と電話番号……。

ヨコハマなので、店名が〈ハマー〉なんだろう……。住所からすると、横浜スタジアムの近くらしい。

「球場でベイスターズの試合がある日は、スポーツ・バーになるのさ」とスカ爺。

「なるほど」僕はうなずいた

「で、ミュージックは？」

「ステージは狭いが、ライヴもやる。毎日じゃないがね」とスカ爺。

「あんたが、ロックンロールを？」

「まさか。ほとんど、若いミュージシャンにやらせてるよ。ごくときたま、おれも古い曲をやるがね」とスカ爺。

「一度、来てみてくれないか？　あんたの親父との昔話もしたいし……」と言った。

「まあ、気が向いたら」僕は答えた。スカ爺は軽くうなずく。車に向かう。ドロドロというエキゾースト音を残し、スカGはゆっくりと走り去った。

9　音楽にかかわるのは、人生にかかわる事だから

「美味しい……」と涼夏。

崎陽軒のシウマイ弁当を食べはじめてつぶやいた。

僕もビールを飲みながら、同じものを食べていた。確かにこのシウマイ弁当は美味い。

「でも、これを受け取るとき、哲っちゃん吹き出しそうになってなかった？」と涼夏。

「確かに」ビールを飲みながら、僕はうなずいた。

リーゼント・ヘアーでつっぱったスカ爺の様子と、差し出したシウマイ弁当のコントラストが笑えたのだ。

「それほど悪いやつじゃないのかもしれない」僕が言うと涼夏がうなずいた。

「嘘をつきそうにはない人の声をしてた……」とつぶやいた。この子の耳にそう聞こえ

たのなら、そうなのだろう。

♪

「あのオジサンの店に行くの？」と涼夏が訊いた。

「たぶん……」シウマイ弁当を食べ終えた僕は言った。

「親父が以前に作ったいわゆる名曲があるなら聴いてみたい。あのスカ爺は、その頃の親父とつき合いがあったようだから、何か情報を引き出せるかもしれない」

涼夏がうなずいた。

「それと……」

「それと？」

「なんか、気になるんだ。あの爺さんが……」僕は、つぶやいた。

「いい年をして、リーゼント・ヘアーであんな車に乗ってるところが？」と涼夏。僕は少し苦笑。

「それもあるけど、あの爺さんが、どんなふうに音楽にかかわって生きてきたのか、そのところがちょっと気になる……」

僕は、つぶやいた。スマートフォンを手にして、麻田にかけた。

♪


「ほう、スカ爺が……」と麻田。僕が、今日の出来事を話したところだった。

「彼が店を……」麻田が訊いた。

「ああ、横浜スタジアムの近くだとか。やはり、もうディレクター業じゃ食えないらしい」

「だろうな。で、その店に行ってみるのか？」

「たぶん、来週あたりに」僕が言うと、麻田は何か考えている様子……。

「もしよかったら、そのとき吉川明子も連れて行ってくれないか？」と麻田が言った。

「彼女を？」

「ああ、口実はなんでもいい。運転手でもなんでも」と麻田。「君とほぼ同じ年齢《とし》だから、ガールフレンドでもいいし……」

「それは、もしかして情報収集のため？」

「そうじゃない。スカ爺みたいなやつをその目で見てきて欲しいんだ。音楽業界で浮き沈みしてきたやつが、いまどんな風に生きているか……。くだらない生き方をしてたら、それでもいいし、ましな生き方をしていたら、もちろんそれもいい。すべてが勉強になる」

「ディレクターとしての勉強か……」

「そういう事だ」と麻田。「音楽にかかわるって事は、人生にかかわるという事だからな」と言った。

〈確かに……〉僕は無言でうなずいた。

♪

「あそこね」

と明子が言った。車のスピードを落とした。

横浜スタジアムから数百メートル。並木がある落ち着いた細い通りに、〈HAMAR〉のネオンが見えた。

雨上がりの濡れた歩道に、青いネオンが映っている。

店のわきに、駐車スペースがある。明子は、テキパキしたハンドルさばきで、ミニ・

クーパーをそこに駐めた。

僕も涼夏も車からおり、店の入り口に……。木のドアを開けて入った。

想像していたより少し広い。10人ぐらい座れるカウンター席。

テーブル席が7つほどある。

スポーツ・バーらしく、片側の壁には横浜ベイスターズのユニフォームやペナントが飾ってある。

逆側には、かなり狭くて低いステージがある。マイク、アンプ類などはいちおう用意されている。

雰囲気を出すためか、フェンダーのセミ・アコースティック・ギターが壁にかけてある。

いまは、火曜の夜7時半。ベイスターズの試合はないので、店はガランとしていた。

壁ぎわのテーブル席に、若いカップル客が1組いるだけだ。

カウンターの中に、スカ爺がいた。

その奥には大きめの液晶モニターがあり、いまはイーグルスの映像が映っている。

〈Take It Easy《テイク・イット・イージー》〉がごく低く流れている。

♪

スカ爺は、僕らを見て微笑。

「来たか」と言った。蝶ネクタイでもしめてるかと思ったが、黒いTシャツ姿だ。

「なかなかいい店じゃないか」僕は少しおだててみた。

「まあな」とスカ爺。涼夏と明子がいるので、斜に構えてかっこをつけているらしい。

僕らは、カウンター席についた。メニューを見る。

「オーダーを聞こうか。まずは、お嬢さんたちから」

「わたしは運転があるからノンアルコール・ビール」と明子。スカ爺はうなずく。

「こちらのお嬢さんは？」と涼夏に訊いた。

「うーん……」と涼夏。迷っている。明らかに未成年なので、涼夏はそんなもの、飲んだ事がないと思うが、「じゃ、カシス・ソーダでもどうかな？」とスカ爺。涼夏は「じゃ、それで」と言った。

最後にスカ爺は僕を見た。

「あんたは？」とやけにハードボイルドぶった口調で訊いた。ここでバーボンのオン・

ザ・ロックでも頼めば喜びそうだが、

「じゃ、キリンの一番搾り」僕はあえて言った。スカ爺は、一瞬こけた表情……。


♪


「今夜、ライヴは？」ビールに口をつけて訊いた。

「ああ、今夜はオープン・マイク・デイなんだ」スカ爺が言った。

オープン・マイクとは、客が飛び入りでステージで歌える事を言う。

「オープン・マイクか……」と僕はつぶやいた。そうしているうちにも、次々と客が入ってきて、4つのテーブルがうまった。一人だけいるウェイトレスが、オーダーをとっている。

スカ爺は、時計を見た。

「そろそろ、オープン・マイクで演奏したいって約束してきた連中が来る頃なんだが……」

とつぶやいた。

♪


その5分後。

白人のティーンエイジャーが二人、入ってきた。

一人は女の子。ピンクのパーカーを着てジーンズを穿《は》いている。18歳か19歳……。

金髪を真ん中で分けている。

もう一人は、男の子。同じぐらいの年に見える。黒い髪は、やや長めに伸ばしている。

カーキ色のパーカーを着て、やはりスリムジーンズ姿。ギターのケースを肩にかけている。

二人はカウンターにいるスカ爺のところにきた。

「ボビーだ」と男の子。

「ミッシェルよ」と女の子。

二人とも日本語で言い、スカ爺と握手した。彼らがオープン・マイクを予約していたらしい。

「いつでもはじめていいよ」とスカ爺。低いステージを指差した。

モニター画面に流れていたイーグルスの映像を止めた。

二人は、ステージに上がる。

客たちが、ステージの方を見る。

ミッシェルという女の子は、マイクの高さを調節する。ボビーという男の子は、ソフトケースからギターを出した。

アコースティック・ギター。どこのメーカーかはわからない。彼はその弦をチューニングしはじめた。

それもすぐ終わり、彼女に〈準備ができた〉と目で合図した。

小さなステージに、スポットライトが落ちた。

そして、ボビーがイントロを弾きはじめた。4小節の静かなイントロ……。

そして、彼女が歌いはじめた。B《ビリー》・アイリッシュの〈when the party's over《ウエン・ザ・パーティーズ・オーバー》〉だった。

ギターのバッキングも、女の子の歌もなかなか悪くない。もちろんアマチュアのレベルだけど……。

♪


ビリーの曲は静かにはじまり、静かに終わった。

客席から、ささやかな、だが温かい拍手が上がった。ミッシェルはマイクに向かい、

「ありがとうございます。次は、オリヴィア・ロドリゴの〈ドライバーズ・ライセンス〉をやります」と日本語で言った。

客席から、またささやかな拍手……。

ボビーがギターで静かなイントロを弾きはじめた。そのときだった。

店のドアが開き、中年男が二人入ってきた。大きな声で何かしゃべりながら……。

「課長、そうは言っても」と片方。

「会社の方針がそう決まった以上」と言う。

「会社の方針が、どうだっていうんだ」ともう片方。

二人ともずんぐりした体をグレーのスーツに包んでいる。店内の様子におかまいなく、真ん中のテーブル席にかける。

たまたまそばにいたウェイトレスをつかまえ、

「おネエさん、生のジョッキ2つ。それとおしぼりね」と言った。ウェイトレスは、困ったような表情。

「あの、おしぼりはないんですけど」と言った。

「おしぼりがない？　どういう事？」とスーツの片方。相変わらず大きな声で言った。

店中の客が、その二人を見ている。ステージ上のミッシェルとボビーも、演奏をストップ。困った表情でお互いの顔を見合わせている。

そのときだった。

スカ爺が、カウンターから出ていく。

「お客さん、申し訳ないんですが、入る店をお間違えのようで」と連中に言った。

連中の一人は、度の強そうなセルフレームの眼鏡をかけている。もう片方はつるっ禿《ぱ》げだ。

「何？」と眼鏡のやつ。気色《けしき》ばんだ顔で立ち上がった。腹が出て、ワイシャツがぱんぱんだ。

「客に対してそのいい方はなんだ」と言った。

僕もカウンター席を立ち、ゆっくりと連中の方へ歩く……。

眼鏡のやつに向かい、

「目が悪いだけじゃなく、耳も遠いのかな？　この2軒先に、あんたら向きの居酒屋があるよ」と言った。

「なんだと……出ていけっていうのか？」と、つるっ禿げも立ち上がった。

10　2弦のチューニングがずれてるぜ

「別に、そうは言ってないですよ」とスカ爺。

それでもサラリーマンらしいオッサンたちは、むかついた顔をしている。

「そんな顔をしないで、5分前まで時間を戻すのは、どうですか？　あなたたちがこの店に入らなかった事にしようじゃないですか」と眼鏡に言った。

「入らなかった？」

「そう、うちの店に入った事は忘れて、2軒先の居酒屋に入りなおせば丸くおさまるでしょう」スカ爺が言った。

オッサン二人は、立ったままスカ爺と僕を見た。

スカ爺はリーゼント・ヘアーだし、僕はやや派手なアロハを着ている。おまけに、スカ爺も僕も背が高いので、彼らを見下ろす格好になった。

「結局、出ていけって事か？」とつるっ禿げ。

「早く言えば」とスカ爺。

「そういう事」と僕。


♪


「バイバイ！」

「もう来なくていいからね」店を出ていくオッサンたちの背中に、僕らは、口ぐちに言った。

「やれやれ……」とスカ爺。ステージの方を見て、親指を立てた。

「じゃ、ライヴ続けて」と言った。ミッシェルとボビーがほっとした表情を浮かべた。


♪


演奏がまたはじまった。

B・アイリッシュ。オリヴィア・ロドリゴ。T《テイラー》・スウィフトなどなど……。この年頃の子たちが好きそうなナンバーが続いた。そんな演奏が30分ほど続いたときだった。

「あ……」と涼夏が小声でつぶやいた。

「どうした？」

「ギターのチューニングがずれてる」と涼夏。僕も耳をすませてボビーが弾くギターを聴いた……。

確かに弦のチューニングがずれていた。さすが超越的に耳のいい涼夏だ。

明子も「2弦が半音下がってる……」とつぶやいた。

それでも、さらに3曲ほどやって彼らのライヴは終わった。スカ爺は、ステージをおりたボビーに、

「弦のチューニングが途中でずれたな」と言った。ボビーは、うなずいた。どうやら、本人にもわかっていたらしい。

「2弦のペグがガタガタで……」と言った。スカ爺が僕にふり向いて、

「あんた、なんとかしてやれないか？」と言った。

僕は、そのギターを手にとってみた。韓国製でかなりの安物だった。確かに2弦を巻くペグといわれる部品にガタがきている。ただし、それに使われてるペグはどこにでもある部品だ。うちの店にもストックがある。

「修理するのは簡単だけど」僕は言った。

「彼は葉山で楽器店をやってるんだ」とスカ爺がボビーに言った。そして、「お前はどこに住んでるんだ」と訊いた。

「横須賀だよ」とボビーは答えた。

「それなら、葉山に行くのは簡単だな。彼の店で修理してもらったらいいんじゃないか？」とスカ爺。ボビーがうなずく。

僕はメモ用紙に店の場所と電話番号を書き、ボビーに渡した。

♪

「さて、本題の話だな」とスカ爺が言った。

ミッシェルとボビーが帰っていったところだ。客たちも半分ぐらいになり、店内は静かになっていた。

奥の液晶モニターには、またイーグルスの映像が映りはじめた。曲も低く流れはじめた……。

「本題の話？」僕は訊いた。

「ああ、わざわざここに来たのは一番搾りを飲むためじゃないだろう。目的があるはずだな……。たぶん、あの曲の事だ」とスカ爺。「お前の親父が作ったと噂されてる名曲の事だろう？」

僕は、うなずいた。

「その通り。もし、そんないい曲があるなら聴いてみたいと思ってね」

「そうだろうな。おれだって聴いてみたいさ」とスカ爺。

「だが、まだその曲に出会ってはいない」と僕。

「ああ、それが手に入っていたら、あの横田みたいなやつを使ったりしないさ」スカ爺は、苦笑い。僕も同じように苦笑いをしてうなずいた。

♪

イーグルスが、〈言いだせなくて〉を歌いはじめた。

「道雄が作ったいわば謎の名曲だが、手がかりがないわけでもない」スカ爺が、ポツリと言った。

「手がかり？」

僕は、ビールのグラスを手に訊き返した。

「〈フィフス・アベニュー〉は、かなり売れたフュージョン・バンドだったが、約8年間に5枚のアルバムをリリースして活動を終えた」とスカ爺。「その5枚のCDの中に、道雄が書いた名曲らしきものは入っていない。だが……」

「だが？」と僕。

「もし道雄がその曲を書いたとしたら、あの〈フィフス・アベニュー〉で活動していた8年ほどの間だと思う」とスカ爺。

「あんたがディレクターとしてかかわった〈フィフス・アベニュー〉の録音中か」

「まあ、そういう事だ。あの録音をしている8年間のどこかで、道雄がその曲を書いたんじゃないかと思う」

「それはなぜ？」僕は訊いた。

「勘にすぎないが、これでもおれの勘はなかなか鋭いと言われてたてな……」

スカ爺は、そう言ってニヤリとした。

僕は軽くうなずいた。スカ爺の口調には、何かの根拠があるように感じられる……。

そんな事を考えながら、僕はビールのグラスに口をつけた。店には、イーグルスの

〈Tequila Sunrise《テキーラ・サンライズ》〉が低く流れていた。

♪


夕方の4時半。うちの楽器店。

誰かが僕の背中を叩いた。僕は、かけていたヘッドフォンをはずし、ふり向いた。

陽一郎がビニール袋を手にしていた。

僕はオーディオにヘッドフォンをつなぎ、曲を聴いているところだった。あの〈フィフス・アベニュー〉のアルバムをたて続けに聴いていたのだ。

なので、店に入ってきた陽一郎に気づかなかった。

「どうした、やけに熱心に聴いてるじゃん」

「ちょっとな……」

「それはそうと、いいアジが網に入った。今夜はアジフライにしないか」

と陽一郎。手にしたビニール袋にはアジが10匹ほど入っている。

「アジフライ、悪くないな。よろしく」と僕。またヘッドフォンをかけた。陽一郎は、ビニール袋を手に店の二階に上がっていく。

やがて、フライを揚げる匂いが漂いはじめた。

陽一郎が、さばいたアジを手際よくフライにしている。涼夏が、鼻をくんくんさせている。

しばらくして、アジフライがテーブルに並んだ。


♪


「哲、そいつは中濃ソースだぜ」と陽一郎。

「お前、アジフライにはいつもウスターソースをかけてるだろう」と言った。

あっ……と僕はつぶやいた。その通り。アジフライにはいつもウスターソースをかけて食べている。が、いまは間違えて中濃ソースをかけようとしていた。

「珍しくぼんやりしてるな」と陽一郎。

涼夏もアジフライをかじりながら、少し心配そうな表情……。

「お前がさっき熱心に聴いてたのは、親父さんの〈フィフス・アベニュー〉のアルバムだよな」

「ああ。5枚あるアルバムを通して聴いてた」と僕。

「それで?」

「なんか、心のすみに引っかかるんだ」

「引っかかる?」と陽一郎。「どう引っかかるんだ」と訊いた。

「それがはっきりしない。だから、何回も聴きこんでたんだが……」

僕はそう言い、ウスターソースをかけたアジフライをサクッとかじった。揚げたてのアジは美味かったが、心に引っかかっているものの正体はわからないままだ……。


♪


その夜も、僕と涼夏は同じベッドで寝た。

「明日、あのアルバムを聴いてくれないか」と僕。

「〈フィフス・アベニュー〉のアルバム?」

「ああ。おれがあの5枚のアルバムのどこに引っかかってるのか、どうしても知りたい」

僕は言った。涼夏の超越的な耳で聴けば何か発見があるかもしれない。

「わかったわ」と涼夏。僕の胸にその頬をあずけた。家の壁が薄いので、砂浜に打ち寄せる波音が微かに聞こえていた。

♪


翌日。12時過ぎ。

「そろそろ昼飯にしようか」と僕。涼夏の背中に声をかけた。

涼夏は、ヘッドフォンをかけたまま、〈フィフス・アベニュー〉のアルバムを聴いている。朝早くから、ずっとだ。

僕がその肩を叩くと、ふり向いた。

「そろそろ昼だぜ。ファッティーズでも行かないか」僕は言った。

ファッティーズは、葉山ローカルに人気の店。ここのピッツァは美味い。涼夏はヘッドフォンをはずし、

「ファッティーズ、賛成」と無邪気に言った。


♪

僕らは、葉山の海岸通りをファッティーズに向かって歩いていた。

まだ4月だが、陽射しはもう初夏を感じさせた。Tシャツ姿やショートパンツで歩いている連中も多い。いまや観光名所になっている真名瀬のバス停を過ぎたときだった。

「やっぱり……」と涼夏がつぶやいた。

僕も思わず歩くテンポを落として、

「やっぱり？」と訊き返した。

11　弾《ひ》き癖《ぐせ》

「5枚のCDを聴いたんだけど、最後の1枚だけが、なんか違う……」と言った。

「上手く言えないんだけど、なんか違う」何かを考えるように、ゆっくりと歩きながら、涼夏は言った。

そう言われてみれば……。僕の心に引っかかっていたのも、その事なのだ。

最後のアルバムとされている5枚目だけに、それまでにない何か異質なものを感じていたのだ。

人並みはずれた聴力がある涼夏が聴いても、やはりそうなのだ。やはり……。僕は歩きながらそうつぶやいていた。

しかし、なぜ5枚目のラスト・アルバムだけに、僕らは違和感を感じるのか……。

そこには、何か隠された事実があるのか……。

僕は、海岸通りを歩きながら、スマートフォンを取り出した。プロデューサーの麻田にかけ、用件を簡潔に伝えた。

♪


ランチを終え、僕らが店に帰ると、前に小型のバイクが停まっていた。

そのバイクのわきに、ギターケースを肩にかけたボビーが立っていた。ジーンズに紺のパーカーという姿だ。横須賀からバイクで来たらしい。

「ギターの修理か?」と訊くと彼はうなずいた。

僕は店を開けた。ボビーは、ギターのソフトケースを手にして入ってきた。

もの珍しそうに店内を見回している。店がまえがボロいわりに、並んでいるギターの数が多いせいだろう。

ひと通り店内を見回すと、ボビーはケースから自分のギターを出した。

確かに、2弦のペグがガタガタになっている。

「交換するしかないな」と僕。「おまけして2千円でどうだ」と言った。

ボビーはうなずいた。僕は、ギターをカウンターの中に持っていく。ストックしてあるペグを取り出した。

古いペグをはずし、新しいものと交換する。その仕事をはじめた。


♪


「あの……」とボビー。修理をしていた僕は、手を止めて彼を見た。

「あの……これ、弾いてみていい？」とボビー。壁にかけてあるフェンダーを指さした。

それはフェンダーの〈マリブ・プレーヤー〉と呼ばれているシリーズだ。

アコースティック・ギターだけれど、ピックアップも搭載されていて、アンプにつないで音を出す事もできる。

「ああ、いいよ」と僕は言った。

ボビーは、はじめ恐る恐るという感じでそのギターを手にした。生まれて初めて手にした本物のフェンダーなのかもしれない。

椅子にかけそれを膝にのせる。

イーグルスの〈Hotel California《ホテル・カリフォルニア》〉、そのイントロを弾きはじめた。

ギターを何年やってるのか知らないが、なかなか弾けるようだ。すぐ近くでは、涼夏が熱心に聴いている。

それもあってか、ボビーはかなり頑張って弾いている。

僕は、ペグの交換をしながら、曲のメロディーを鼻歌でフォローしてやる……。


♪


「はい、出来上がり」僕は言った。ペグの交換が終わったところだった。

ボビーにギターを渡す。彼はジーンズのポケットから、シワだらけの千円札を2枚出した。

それを僕に渡しながら、

「ありがとう」と言った。そして遠慮がちに、

「あの……また来てもいい？」と訊いた。僕は、うなずいた。

「いつでも来ていいさ。弾いてみたいギターがあれば遠慮なく言え」そして、

「お前の腕なら、いずれ、その安物のギターじゃ物足りなくなるだろうからな」とつけ加えた。

「ありがとう」とボビー。自分のギターをソフトケースに戻した。涼夏をちらりと見た。

彼女を見ると、少し照れたような表情を浮かべた。

やがて、ボビーは店を出ていく。小型バイクのエンジン音が聞こえ、遠ざかっていく……。


♪


その3日後。午後4時過ぎ。

僕と涼夏は、青山にある〈ブルー・エッジ〉にいた。Bスタの調整室で麻田と話していた。

「午前中から、吉川明子君があのCDを聴いているよ。もうすぐ何かわかるはずだ」と麻田。

あのCDとは、〈フィフス・アベニュー〉が過去に録音した5枚のアルバムだ。

さすがの〈ブルー・エッジ〉の資料室にもそれはないので、僕が2日前に送っておいたものだ。

それをいま吉川明子が試聴しているらしい。

20分ほどすると、調整室の扉が開いた。ジーンズ姿の吉川明子がCDを手にテキパキとした動作で入ってきた。

「どうだ。何かわかったか？」と麻田。明子はうなずいた。

「最後にリリースした5枚目だけ、あきらかに、メンバーの一人が変わってますね」と言った。


♪


「メンバーが……」と麻田。

「リズムギターが変わってます。5枚目だけは、まず間違いなく別のギタリストが弾いてます」と明子。きっぱりと言った。

「確かか？」と麻田。

明子はうなずいた。

「弾き癖があきらかに違います」

と明子。1枚目のデビューCDをセットした。3曲目〈Night Cruising《ナイト・クルージング》〉というタイトルの曲を再生しはじめた。

「この曲のキーはFなんですが、FからE♭にいくときはこういう弾き方をしています」

と明子。卓を操作する。

僕らもその部分を注意深く聴く。F……そしてE♭のポジションへ指が走る。そこに神経を集中して聴いた。

明子は次に、最後の録音になった5枚目のCDをセットして再生しはじめた。

その4曲目。

「この曲もキーはFなんですが、同じようにFからE♭にいくときは、こんな感じです」

と明子。僕らは、じっと耳をすました。

ギターをかなり弾く人間ならわかる。

ギターのフレットで指を走らせるその弾き癖は、1枚目のアルバムとはあきらかに違っていた。

どんなギタリストにも、弾き癖と呼ぶしかないものがあり、それがあきらかに違っているのだ。

1枚目より、ラスト・アルバムになる5枚目の録音で弾いていたギタリストの方が、独特の指運《はこ》びをしているようだ。

「弾いているギターも違うようです」と明子。

「1枚目から4枚目までは、たぶんギブソンのレス・ポールで、5枚目だけはフェンダーのテレキャスターだと思います」と言った。

「そうか……」と麻田は腕組み。「哲也君たちが感じた違和感はそれだったんだな……」

とつぶやいた。そして、

「CDジャケットのクレジットはどうなってる？」と明子に訊いた。

〈フィフス・アベニュー〉は、スタート時点から5人のメンバー。

リードギターが親父の牧野道雄。

コードを弾いてそれをサポートするのがリズムギター。

そして、キーボード、ベース、ドラムスの5人。それぞれが、CDジャケットにクレジットされているはずだが……。なんせ、かなり以前に出したCDなので、ジャケットがなくなっているのがある。

だが、CD盤そのものには、アルバムのタイトルが刻まれている。

たとえば、1枚目のアルバムでは……

〈Fifth Avenue 1《フィフス・アベニュー・ワン》〉

そして、そのアルバムのタイトルが、〈Good morning《グッド・モーニング》〉とCD盤に刷られている。

それは、アルバムの出た順に、〈Fifth Avenue 2〉〈3〉〈4〉と続く……。

最後のアルバムには、〈Fifth Avenue 5〉とあり、アルバムタイトルが、〈Long Good-bye《ロング・グッドバイ》〉と刷られている。

しかし、そこについていたはずのジャケットが、最後の5作目は紛失してしまっているのだ。

「1作目から4作目のジャケットだと、リズムギターは、〈松本清高《まつもときよたか》〉とクレジットされてますが、問題の5作目では、誰がリズムギターを弾いていたのか、わからないんです」

明子が言った。

「うーん……ラスト・アルバムでリズムギターを弾いていたのは、謎のギタリスト……。牧野道雄の名曲を探し出す鍵は、その辺にありそうだな」

と麻田。

「ただ、これをリリースした会社はいまから10年も前に倒産してしまって、社員たちもてんでんバラバラだから、事実をつかむのは難しいな……」とつぶやいた。

そのときだった。

「もしかしたら、なんとかなるかもしれない」と僕は言った。

「なんとか？」と麻田。

「ああ、この〈フィフス・アベニュー〉の録音を担当してたディレクターは、あの〈スカ爺〉だ」と僕。

「その線から、何かわかるかもしれない」と言った。麻田は微かに苦笑いして、

「あの頑固なジジイが正直にしゃべるかな……」と言った。

「まあ、やってみるさ」と僕も苦笑い……。

♪

「しかし、ミュージシャンの弾き癖ってのは不思議なものだな」

と麻田。焼き鳥のツクネを手にして言った。

僕と涼夏、麻田と明子の4人はまた、〈ブルー・エッジ〉の近く、青山一丁目にある

洋風の焼き鳥屋にいた。

「そのミュージシャンが誰に教わってきたか、あるいは誰の影響をうけたかが、はっきりとわかる場合はありますね」

と明子。ウーロン茶のグラスを手にして言った。

「哲也君のギター・プレイにも、それはあるよね」と麻田。明子は、うなずいた。

「哲也さんのギターには、お父さんの道雄さんの影響が感じられますよね」と言った。

「おれのギターを聴いたことが？」

僕は思わず訊いた。明子はうなずいた。

「ロンドンのスタジオで4年間修行してたとき、日本から送られてきたCDの中に、哲也さんたちがリリースしたのもあって……」

「それを、聴いた？」

僕が訊くと明子は、はっきりとうなずいた。

12　寂しいときは、バラードに包まれて

たぶん、そのCDを送ったのは彼女の父の麻田だろう。

「あのCD、毎日のように聴いてました」と明子。

「へえ……」意外な事に、僕は少し間抜けな声で答えた。明子は、うなずく。

「6曲目の〈The End Of Summer《ジ・エンド・オブ・サマー》〉が一番好きです」と言った。それは、あのCDの中では珍しく、かなりスローなバラードだ。

夏の終わりを意識した、少し切ないメロディー……。

「吉川君は、スローなナンバーが好きなんだよね」と麻田。

明子は、となりでうなずいた。

「すごく速弾《はやび》きできるギタリストは世界中にいるし、仕事でたくさんつき合ってきましたけど、個人的にはギターのバラードが好きです」

「で、哲也君のあの曲か……」と麻田。明子はうなずく。

「音と音の間に気持ちがこもっていて……。ロンドン生活で、ふと寂しくなるといつもあのバラードを聴いてました」と言った。そして、

「いずれ、生で聴いてみたいかな……」と言い、僕に向かい微笑した。僕はちょっと照れ、ジン・トニックのグラスに口をつける。

店のオーディオからは、今日もコルトレーンが低く流れている。

♪

「明子さんって、すごい……」と涼夏がつぶやいた。

僕らは、逗子駅から葉山に向かうバスに乗っていた。夜の9時過ぎなので、海岸回りのバスはガラガラだった。

「親父さんがあの麻田だとはいえ、彼女の能力は、確かに人並みはずれてるな」と僕。

涼夏はうなずいた。

「あのCDを聴いて、ギタリストの弾き癖やギターの種類まで聴き分けるなんて、すごい……」

「まあな……」

「しかも、きれいな人だし……」と涼夏。ぽつりと言った。

視力の弱い彼女にも、それはわかるのだろう。

確かに、明子は全体的にボーイッシュだけれど、父親ゆずりの端正な顔つきをしている。

しかも、僕とほぼ同じ年齢《とし》で、僕のギターが好きだという。その事が、涼夏には気になるのだろうか……。もしかしたら、そうなのかもしれない。

青山から帰るあいだ、やけに口数が少ない……。

「でも、そんなの関係ないよ」

僕はわざとそっけなく言った。涼夏の肩をそっと抱いた。バスが少し揺れて、涼夏の頭が僕の肩にのった。

僕の肩で、涼夏の頭が揺れている。少し、頼りなさそうに……。

海岸道路の右側を葉山マリーナが通り過ぎた。

♪

ドロドロドロという例のエンジン音が聞こえた。

店の前でスカGが停まった。

2日後の午後3時だ。僕は店のドアを開けた。案の定、スカ爺が車からおりてきた。

僕を見るとニヤリとし、

「よお」と言った。

「呼び出して悪かったな」と僕。

「いいさ。今日は店も定休日だしな。たまには葉山の海風を吸うのも悪くない」と言った。店に入ってくる。店内を見回し、

「しけた店だな」わざとらしく、そんなセリフを吐いた。

〈そうつっぱらなくていいよ、爺さん〉僕は、胸の中で苦笑した。


♪


「ほう、釣り竿か……」とスカ爺。店の片隅にある竿を見た。僕は、肩をすくめる。

「港の岸壁がすぐそばだからな」と言った。小物釣りの竿が2、3本壁に立てかけてある。スカ爺は、それを眺め、

「おれと道雄も、あの頃、よく釣りをしたものだった……」ぽつりとつぶやいた。
「へえ……」今度は僕がつぶやいていた。そして、
「せっかく海に来たんだから、ちょっと小魚釣りで遊んでいくのはどうかな？」と言った。人は、釣り竿を握るとリラックスして本音を口にする事がある。

♪

「横浜に比べると、さすがに水がきれいだな」
とスカ爺。釣り竿を手にして、海面をのぞき込んでいる。
30分後。僕とスカ爺は、港の岸壁にいた。岸壁に腰かけ、細い釣り竿を握っていた。
確かに、スカ爺は釣り竿の扱いも、エサをつける動作も慣れていた。
「親父とは、なぜ釣りを？」と僕。
「まあ、レコーディングの合間の息抜きかな……。二人だけで話したい事もあったし
……」とスカ爺。
「うちから近い本牧《ほんもく》の岸壁でよく釣り糸をたれたよ」と言った。
「本牧か……横浜《ハマ》っ子らしいな……」僕は、海面で揺れている小さな浮子《うき》を見ながらつ

ぶやいた。

♪

「うちはペンキ屋だったんだ」とスカ爺。サラリとした口調で言った。

「あの頃は、本牧や根岸《ねぎし》に米軍の住宅や施設があって、うちの親父はそんな家や施設にペンキを塗る仕事をやってた」

「〈フェンスの向こうのアメリカ〉って曲もあったな」と僕。スカ爺は微笑した。

「まあ、そんなところだな……。おれもよく手伝いをしたもんだ。一年中、ペンキまみれになってさ」とスカ爺。海面の浮子を見ている。

「そうこうしてるうちに、米兵のガキと親しくなってさ。……おれがまだ高校生の頃だった」

「ほう……」

「相手も同じ年ぐらいだったが、そいつの家に行ったとき、一大事が起きてな……」

「一大事？」

「ああ。そのアメリカ人のガキがステレオから曲を流しはじめたんだが、それを聴いたとたん、体に電気が走ってさ」

「それって?」

「ザ・ドック・オブ・ザ・ベイ」

「オーティス・レディングか……」

「そういう事。イントロのベースと波音が流れはじめたとたん、鳥肌が立ってたな」

「わからないでもない……。名曲だしな」僕は言った。

「ちょうど、遊び仲間でバンドをやろうという話が持ち上がってたときでさ」

「で、バンドに参加した?」

「ああ。親父から金をくすねて、中古のベースを買ったよ」とスカ爺。


♪


遅い午後の陽が、海面に揺れている。浮子は、動かない。

「思い起こせば、おれたちのバンドは、めちゃくちゃ練習したなあ……」

「ロックンロール?」

「ああ。それと、リズム・アンド・ブルース。学校じゃ落ちこぼれの連中ばかりだったが、楽器を持つとみんな熱くなった」

「女の子にもてたくて？」僕がからかうと、スカ爺は苦笑。

「そういう不純な動機はもちろんあったが、ある程度上手くなると、プロになりたいと思うようになったな……。みんな高校から退学にされそうなガキだったから、なんとかバンドでデビューできないかと思ってさ……」

苦笑したまま、スカ爺はつぶやいた。


♪


海面の浮子のそば。小魚の群れが泳いでいく。この春に生まれたばかりの稚魚たちだ。

「そうこうしてるうちに、チャンスがきたのさ。あるレコード会社のオーディションをうけたら、パスしてさ」

「へえ……」

「横浜出身でリズム・アンド・ブルースをやるから、昔の〈ゴールデン・カップス〉みたいなイメージで売り出そう、そんな事をレコード会社が考えたらしい」

「なるほど……」

〈ゴールデン・カップス〉は言うまでもなく、横浜出身の伝説的なバンドだ。

「そんなこんなで、CDを出したのさ。横浜出身のちょっと不良っぽいバンドって感じでさ」

「それは、売れた？」と僕。

スカ爺は、また苦笑い。首を横に振った。

「ダメさ。その頃、もう横浜の不良がかっこいいってイメージは古臭くなってたんだな」

「10年遅かった？」と僕。

「いや20年だな……」とスカ爺。

「で、バンドは？」

「空中分解。みんな、バラバラになっていったよ」

「で、あんたはディレクターへ？」

「まあ……。録音中、一番熱心に曲の仕上げなんかを手伝ってたから、見どころがあると思われたのかな。レコード会社の見習いスタッフになれたよ」

「ラッキーだった？」

「そうだな。ペンキ屋の後継ぎは嫌だし、それより、なんでもいいから音楽にかかわる仕事をしたかったんだな……」

「そこで、頑張った？」

「ああ、熱心にいろんな勉強をしたよ」とスカ爺。そのとき、やつの浮子がぴくりと動いた。けれど、それだけだ。魚は、かからなかった。


♪


「ディレクター見習いとして、7、8年はやったかな」

とスカ爺。釣りの仕掛けを上げた。案の定、エサはとられている。僕も仕掛けを上げてみた。同じようにエサをとられている。小魚にやられたらしい。

「その後はフリーに？」

僕は、新しいエサをつけながら訊いた。

「ああ、そこそこ顔も売れてきて、あちこちのレコード会社から声がかかるようになってきたよ……」

スカ爺は、エサを新しくした仕掛けを海に入れた。小さな浮子が、海面で揺れはじめた。

「そんな感じで、フリーのディレクターとして実績ができてきた頃だったな。あるレコード会社から、仕事を頼まれたんだ。これからデビューするフュージョン・グループのディレクターをやってくれないかと……」

「それが、親父たちのバンド？」

「ああ……〈フィフス・アベニュー〉だ」とスカ爺。しばらく、海面の浮子を眺めていた。そして、

「だが、その仕事は断ろうと思ったんだ」ぽつりと言った。

13　第二の青春ってやつかな

「断る？　なぜ……」僕は訊き返した。

スカ爺は、またしばらく海面を見つめていた。そして、

「自信がなかったんだ……」ぽつりと言った。

「自信？」

「ああ、フュージョンをやった経験がなかったから、出来るかどうか自信が持てなかったんだ」

スカ爺が言った。

やはり、釣り竿を持つと人は正直になるのかもしれない。

「おれがそれまで扱ってきたのは、ほとんどがいわゆるJポップだった。そんな自分に、フュージョンのディレクターがつとまるか、自信が持てなかったのさ」

スカ爺は言った。

フュージョン・ミュージックは、ジャズから派生した音楽だとされている。その定義はさまざまだが、ある人間に言わせると〈難解だったモダン・ジャズを、誰でも聴けるポピュラーでカジュアルな音楽に生まれ変わらせたもの〉だそうだ。

「ポップスばかり扱ってきた自分に、そんなフュージョンのディレクターがつとまるか、全く自信が持てなかったのさ」

とスカ爺。僕はうなずいた。

「それをレコード会社に言うと、とりあえずリーダーの牧野道雄に会ってみてくれと言われたよ」

「……それで、会った？」

「ああ。本牧の埠頭《ふとう》で、お互いに缶ビールを手にして会ったよ」

「で？」

「おれが、フュージョンを扱った経験がないと正直に言うと、道雄は笑いながら、こう言った。〈おれもフュージョンを弾いた経験がないんだ〉と……」

♪


ゆるい南風が吹き、海面の浮子が揺れた。

スカ爺は苦笑い。

「こいつ、何を言ってやがると思ったが、あとあとそれが本当だとわかったのさ」

と言った。

「道雄は、若い頃から基本的にロック系のギタリストだった。ところが、三十代になって、フュージョンってやつに挑戦してみたくなったと笑いながら言いやがった」

「親父らしいな……」と僕も苦笑い。

「まあ、ギターの腕に自信があるから言えるセリフだろうがな」とスカ爺。

「フュージョンやるのは、お互い初めてなんだから、ダメでもともと。上手くいかなかったら、やめちゃえばいいじゃないかと道雄が言ったもんだ」

僕は笑い続けた。親父には、そんなイタズラ小僧のようなところがあった。

「それから、おれと道雄はフュージョンの曲を聴きまくって、ああでもない、こうでもないと言い合った」

スカ爺の目尻に笑いジワができた。

「まあ、第二の青春ってやつかな」とスカ爺。

「おれと道雄は、ありとあらゆるフュージョンの有名アルバムを聴いたよ。だが、その半分以上を、道雄のやつはけなすんだ」

「けなす？」

「ああ、たいしたことがない、退屈だと言ってな」僕はうなずいた。親父は、思った事は遠慮せずズバズバ言う人間だった。

同時に親父が言う〈退屈だ〉に、僕も共感するところがある。

かなり多くのフュージョン・ナンバーは、サラリとスマートなだけで、面白くも何ともない。

せいぜいドライブのBGMだと僕も感じていた。


♪


スカ爺は空を見上げた。カモメが3羽、海風に漂っている。

「あれもダメ、これも退屈と言ってるうちに、次第に自分たちのポリシーや曲調みたいなものが出来てきたのさ」

「それで、親父が曲を作って録音した？」

「ああ、1年がかりで録音して、ファースト・アルバムは完成したよ」

♪

「で、売れた？」と僕。

スカ爺は、しばらく海面を眺めて微笑した。

「レコード会社の予想をこえて、かなり売れたよ」と言った。そして、

「おれと道雄は、初めて会った本牧の埠頭で、缶のBUD《バドワイザー》で乾杯したな……。最高にいかした夏の夕方だった」

とスカ爺。その日を思い出すように目を細めて海を見つめている……。

♪

「当然、レコード会社としては、すぐ第2弾の制作に入ってくれって事になった」とスカ爺。

僕はうなずいた。

「順調に離陸したわけだ」

「まあ、それはそうなんだが、バンドの中に爆弾をかかえてもいたんだ」

「爆弾？　もしかして、メンバーの問題かな？」

僕は言った。スカ爺が、こちらを見た。

「リズムギターの松本清高に何か問題があったとか？」と僕。

スカ爺は、10秒ほどこっちを見ていた……。そして「なぜ、それを？」と訊いた。

僕は話しはじめた。

〈フィフス・アベニュー〉が過去にリリースした5枚のアルバムを、詳細に聴いた事。

そして、

「その結果、最後にリリースした5枚目のアルバムだけ、リズムギターの松本清高が変わってるのがわかったのさ。そこには、何かの事情があったんじゃないかと予想できるな……」と言った。

〈ブルー・エッジ〉のディレクターがそれを見破った事も説明した。

♪


港に小型の漁船が戻ってきた。年寄りの漁師が、船を岸壁に舫っている。

「さすが〈ブルー・エッジ〉のディレクターだな。それを見破るとはいい耳をしてる……」とスカ爺。しばらく、船を舫っている漁師を眺めている。

そして、ぽつりと口を開いた。

「リズムギターの松本清高は、その名前から〈マツキヨ〉と呼ばれてた」

「マツキヨか……ドラッグストアだな」僕は苦笑い。スカ爺も、つられて苦笑いした。

「それはどうでもいいんだが、マツキヨには問題があった」

「どんな？」

「まあ、道雄は純粋に音楽というものが好きなギタリストだったが、マツキヨは違ってた」

「もしかして、ギターを弾くあざといやつ？」

と僕。スカ爺は、また苦笑。

「きついこと言うな。さすが道雄の息子だ」

「おだてなくていいよ。で、そのマツキヨが何か問題を起こしたのか」

「マツキヨは、最初から金稼ぎが目的でバンドに入ったんだ。で、途中からアルバムづくりにも口を出しはじめたのさ」

「どんな？」

「3枚目のアルバムを録音してる頃から、もっとポップで売れるようなアルバムにしようとしつこく言い出してな」

「ポップか……」

「ああ。テレビCMに使われるような派手な曲を作ろうと言いはって、道雄やおれと口論になったものさ」

とスカ爺。頭上に漂っているカモメたちを眺めた。

「そんな対立がどんどんエスカレートしていったよ。そして、ピークになったのが、5枚目のアルバムの制作に入ろうとしているときだった」

「仲たがい？」と僕。

「というより、はっきり言って喧嘩だな」とスカ爺。「しかも、大げんかさ」

「へえ……」僕はつぶやいた。

親父が誰かと喧嘩をしたところなど、見た事がなかったからだ……。

「えらい勢いで、マツキヨは道雄にくってかかったのさ。〈ガンガン売れるCD作ろうぜ。それともそういう自信がないのか？〉と道雄につめよった。で、とうとう我慢が限界にきた道雄が、〈お前さんに、もう用はないな〉とマツキヨに言い、〈ああ、やめてやる！〉とマツキヨが言い返した」

「で？」

「そのあと、マツキヨはおれを睨みつけて〈何すかしてんだよ！　横浜のチンピラが〉と吐き捨てたよ。カッとなったおれは、マツキヨの顔面に右フックを叩きつけた」

「ついに！」

「ああ。スタジオの床にマツキヨの鼻血が飛び散った」とスカ爺。「ついでにキーボードが1台ぶっ壊れたな」と事もなげに言った。

「さすが、ハマっ子。やるもんだ」と僕は苦笑い。


♪

カモメが1羽、海面近くを飛び去った。

「もちろん、大騒ぎか」と僕。

「そりゃな」とスカ爺は苦笑い。「ぶっ倒れたマツキヨは鼻血を流してわめき散らして て、会社のスタッフもおろおろしてて……」

「で？」

「とりあえず、顔にタオルを当てたマツキヨはスタジオから出て行った」

「警察ざたに？」

「いや、会社の人間がマツキヨをなだめすかして、警察ざたにはならなかった……。だが……」

「だが？」

「〈フィフス・アベニュー〉のラスト・アルバムになる5枚目は、どうなるのか、それが問題だった。道雄はすでに曲の準備をしていたのに……」

「マツキヨはバンドから抜けた。そして、ディレクターのあんたは？」

「レコード会社の人間から、さんざんどなられて、早い話、その会社との縁は切られたよ」

「クビか……」

「といっても、もともとフリーの身分だから、ただバイバイされただけだけどな」

とスカ爺。ホロ苦く笑い、

「それはそれとして、マツキヨを殴り飛ばしたせいで、道雄にとんでもない迷惑をかけたのが、悔やまれてな……」とつぶやいた。

「その後、親父とは？」

「1カ月ほどして、道雄からメールがきた。どうしてる？ と……」

「で？」

「結局、そのメールには返信しなかった。合わせる顔もないし……」とスカ爺。じっと海面を見つめている……。

14　GO！　GO！　ランドセル！

「結局、自分の中で、〈フィフス・アベニュー〉の事を封印したんだな……」

「封印か」

「ああ……。当分の間、封印しておこうと思った。年月がたてば、道雄と再会して話せる日がくるかもしれないと思ってな」

スカ爺は、海面を見つめたままつぶやいた。

「まさか、道雄がこんなに早く死んでしまうとは思いもしなかった……」

「突然の交通事故で……。轢《ひ》き逃げされたんだ……」僕は、つぶやいた。

もう3年になるだろうか。親父は、海岸道路を歩いていて車にはねられた。犯人はまだ見つかっていない。

「ひどい話だな……。あんなに才能のあるギタリストが……」スカ爺がつぶやいた。

海面は、夕方近い色に染まりはじめていた。その海面を見つめて、スカ爺はそっと目尻をぬぐった。

頭上からは、カモメの鳴き声が聞こえていた。スカ爺は僕を見た。

「結局、道雄のやつがお前さんに残したのはギターの腕前と、あのしけた店か……」

と言った。僕は、軽くうなずく。

「それともう一つ。いま、みんなが探し回ってる〈名曲〉って事かな……」

僕はつぶやいた。

そのとき、海面の浮子がスッと沈んだ。僕は、竿を立てた。軽い手ごたえ。小さな海タナゴが上がってきた。

僕はそれを釣り針からはずして、海に返した。泳ぎ去っていく海タナゴを眺めて、

「そう……あの曲が問題だな……」とスカ爺が言った。

♪

「ラスト・アルバムの頃？」僕は訊き返した。

「ああ……。道雄が、ＣＤに入れてない曲を書いたとしたら、5枚目のラスト・アルバ

ムを制作してる間だと思う」とスカ爺。

「1枚目から4枚目の制作にはおれがかかわったんだが、その間は、かなり忙しかった。それぞれ約1年がかりでアルバムを制作し、それが発売されると、東京、横浜、名古屋、大阪、福岡などでコンサートツアーをやってたからな」

「そうか……」僕もつぶやいた。子供だったけれど、親父がかなり忙しくしていたのはなんとなく覚えている。

「そんな間に、CDに入れない曲を書く余裕はなかったはずだ」とスカ爺。

「だが、5枚目のラスト・アルバムを制作するのには、1年半ほどかかっている。道雄としても、思い出に残る作品にしたかったんだろうな」と言った。

「1年半か……」

「ああ。その間に、アルバムに入れない曲を半ば気まぐれに書いた事はあり得るな……」

とスカ爺。僕は、うなずいた。

「しかし……レコード会社が潰れてしまい、そのアルバムの制作にかかわった連中は、てんでんバラバラで探すのは難しい……」

とスカ爺は言い、腕組み。しばらく何か考えている……。やがて、

「待てよ……」とつぶやいた。


♪


「マツキヨ?」僕は訊き返した。

「ああ、例のマツキヨだ。やつは、ラスト・アルバムの制作をはじめたとき、道雄やおれとぶつかってバンドをやめたのは話したよな」とスカ爺。

「だが、最近、やつの噂を耳にはさんだ事があるなあ」

「噂?」

「ああ、なんでもアイドル・グループのバックバンドで弾いてるとか、そんな噂だ」

「へえ、アイドル・グループ……」

「まあ、あいつは金になればなんでもやるギタリストだからな」とスカ爺。「そんなやつだが、何か情報を引き出せるかもしれない」と言った。

「ちょっとその噂を確かめてみるよ」

スカ爺が言い、僕らはゆっくりと岸壁から腰を上げた。釣り竿を手に、歩きはじめた。

海風が少し涼しくなってきていた。

♪


その3日後。昼過ぎにスカ爺から電話がきた。

旭屋《あさひや》のコロッケパンをかじっていた僕はスマートフォンを手にした。

「ちょっと面白い情報が入った」

「面白い情報？」

「あのミュージック・ライターの横田のやつを走り回らせてつかんだ情報なんだが、あのマツキヨのやつ、やっぱりアイドル・グループのバックバンドをやってるらしい」

「ほう、アイドル・グループ……」

「しかも、小学生のアイドル・グループだとさ」

「小学生かよ」と僕。涼夏もコロッケパンをかじるのを止めて、僕の方を見ている。

「ああ、今週末の土日に有明《ありあけ》アリーナでそのコンサートがあるらしい。面白そうだから行ってみようぜ」とスカ爺。

「小学生アイドル・グループが、アリーナ・コンサート？」と涼夏。アイドルが低年齢化しているとは聞いていたが、

「まあ、どんな事になってるのか、見物に行ってみるか」と僕。コロッケパンをかじる。

♪

♪

「すっごい人」と涼夏がつぶやいた。

土曜日。午後4時。

有明アリーナに僕らは到着したところだった。スカ爺、そして僕と涼夏だ。

開場前なのに、アリーナの周辺は人であふれていた。正確に言うと男たちであふれていた。

中高生、若いサラリーマン風のやつら、そして四十代、五十代と思われるオッサンたちもやたら多い。

そんな男たちが、開場前のアリーナ周辺にひしめき合っていた。

『4年B組コンサート！　許して先生！』

というたれ幕に初夏の陽射しが当たっている。〈4年B組〉がこのグループの名前らしい。

「横田に訊いたら、このグループの子たち3人はみんな本当に小学四年生なんだと」とスカ爺。

「ほう……」僕は思わずつぶやいた。

そのとき、開場のアナウンスがあり、待ちかねたという感じの客たちが、気合いの入った顔でゲートをくぐって中へ入って行く……。

♪

「おお、横田」とスカ爺。

あのミュージック・ライターの横田がこっちに小走りでやってくるのが見えた。

「会場すごい熱気ですよ。はい、これ」と横田。バックステージパスを僕らに渡した。

僕らはそれを首から下げる。

「こっちです」と横田。僕らを関係者出入り口に案内する……。

♪

コンサートは、確かにすごい熱気だった。僕らは、ステージサイドでそれを見ていた。

3人の小学生アイドルと聞いて、たとえば昔のキャンディーズの子供バージョンなのかと勝手に想像していた。

けれど、ステージにいる3人の子たちは、当時のキャンディーズのように派手なコスチュームに身を包んでいるわけではない。

ごく普通のブラウスにミニスカート。白いハイソックスをはいている。靴はスニーカー。

つまり、どこにでもいる小学生の姿だ。

そして、長めの髪は二つに分けて子供っぽく結んでいる。しかも、3人ともなんとランドセルを背負っていた。特製らしい、洒落たデザインのランドセルだ。

3人とも可愛い顔で、ほっそりとした体つきはリアルに小学四年生のものだった。

背負っているランドセルの明るい色は、ピンク、黄色、そしてブルーだ。

「ピンクのランドセルの子がユキちゃんで、黄色がマイちゃん、ブルーがトモちゃんです」と横田が説明した。

その3人は、鮮やかなスポットライトを浴びて軽快に歌い踊っている。

客たちは、それぞれにペンライトを振っている。

「ピンクのペンライトを振ってるのは、ユキちゃんのファンなんです」と横田。

つまり、その子が背負ってるランドセルの色と同じペンライトを振って応援しているという事らしい。

そのペンライトを振ってるのは、中高生や若いサラリーマン風だけではなく、四十代や五十代に見えるオッサンたちもだ。

まだあどけなさの残る声で〈4年B組〉の3人は歌っている。

その歌詞には、

〈宿題、いやいや〉

〈ドキドキ、スクール水着〉

〈跳び箱ならまかせてね〉

など、小学生らしさが、てんこ盛りだ。

そして、歌詞のソロパート。黄色いランドセルを背負ったマイちゃんがステージセンターでマイクを握ると、会場で黄色いペンライトがいっせいに振られる。

中高生の声より大きく、

「マイちゃーん！」と野太いオッサンたちの声が地鳴りのように響き渡る。

涼夏は、口を半開き。

「脳みそが爆発しそうだ……」とスカ爺。

「日本中のロリコンが、ここに集まってるのか」と言った。

「いえいえ、彼女たちはこれから全国18都市でのアリーナ・ツアーをやる予定で、どこのアリーナ・コンサートもチケットは完売だそうです」

と横田が言った。

コンサートは、そろそろラストの盛り上がりにかかっているらしい。曲のラスト、

〈GO！　GO！　ランドセル！〉

という決めの歌詞が、何回もリピートされる。中高生の声と、オッサンたちのだみ声が混ざって、それを叫んでいる。

僕は、ふとバックバンドを見た。

バンドは、5人。みんな動物の着ぐるみを身につけ、頭にも動物をかぶっている。
犬、猫、豚、牛、パンダ。
ギターを弾いているのはパンダだ。あれが、マツキヨなのか……。

15　ユキちゃんの生写真、いらない？

地鳴りのような歓声に包まれて、コンサートとアンコールは終わった。

会場にアナウンスが流れる。

「これにてコンサートは終了させていただきます。ここからは、お楽しみ企画、ツーショット・タイムです」と女性のアナウンス。

「あらかじめ抽選に当たった方は、ツーショット特設スペースまでおいでください」

と流れた。

「なんか、事前の抽選に当たった一部のファンが、それぞれの子たちとツーショットが撮れる企画だそうです」と横田が言った。

「なるほどな。それはそれとして、ちょっとマツキヨのツラを見てこようか」

とスカ爺が言った。

♪


楽屋は地下にあった。

歩いていくと、バンドメンバーそれぞれの楽屋がある。〈松本清高様〉という貼り紙が見えた。

横田が小さくノックをしてドアを開けた。

そこそこの広さがある部屋。真ん中にテーブルがあり、壁ぎわには、メイクなどができるように大きな鏡がある。

ギター・スタンドには、ギブソンのレス・ポールが無造作に置かれている。

パンダの着ぐるみを着たオッサンがウイスキーを飲んでいた。これが、マツキヨらしい。

コンサートが終わって、まだ10分ぐらいしか過ぎていない。が、部屋の中は酒臭かった。

テーブルの上には、さっきまでかぶっていたパンダの頭。

そのそばには、バーボン・ウイスキーの四角いボトルがある。ジム・ビームだった。

オッサンは、そのボトルからラッパ飲みしているらしい。

すでに酔いが目に現れている。そのトロンとした視線が、入っていった僕らに向けられた。そして、

「スカ爺……」とつぶやいた。

「久しぶりだな、マツキヨ」とスカ爺が言った。

マツキヨは、またジム・ビームのボトルに口をつけた。顔は少しむくんで、くしゃくしゃの髪は半端に伸びている。

マツキヨは、スカ爺をじっと見る。

「また、おれを殴りにきたのか？」と言った。

スカ爺は、苦笑い。

「まさか……。あのときは、興奮してたんだ。悪かったな」と言った。

「じゃ、何しにきたんだ。おれを笑いにきたのか？」とマツキヨ。ボトルに口をつけ、

「笑ってくれてもいいぜ。だが、ギブソンで小学生の伴奏するのも悪くない」

と言い、口の端を歪《ゆが》ませた。

「全国18都市のアリーナ・コンサートだ。いい金になる」

「……そうだろうな……」とスカ爺。

「やっぱり、バカにしてるな。バカにしにきたんだろう？」

とマツキヨ。そのロレツが回らなくなっている。

「まあ、とにかく、ギターの仕事をしてるのを見れてよかった」スカ爺が言った。そのとたん、

「嘘つけ！　この野郎！」とマツキヨ。立ち上がる。

テーブルにあったパンダの頭を両手でつかみ、投げつけた。パンダの頭は、スカ爺の足元に落ちた。

「商売ものだろう。大事にしろよ」とスカ爺。パンダの頭を持ち上げ、そっとテーブルに置いた。僕を見て〈行こう〉と目で合図した。

「元気でな」スカ爺は、最後にマツキヨに言った。誰かが誰かに〈ロング・グッドバイ〉を言う、そんな口調だった。僕らは、無言でその楽屋を出た。


♪

「押さないでください！」というスタッフの声。

アリーナのロビーは、すごい事になっていた。〈4年B組〉の子たちと、ツーショットを撮れるイベントをやっている。

パーテーションで区切ったスペースが3つあり、中では、それぞれアイドルの子たちとファンがツーショットを撮っている。

スペースの外に並んでいるファンたちは、みなチケットのようなものを持っている。

横田によると、コンサートチケットを買うときに応募して、抽選に当たったラッキーなファンという事らしい。

アイドル一人につき50人のファンが抽選に当たり、ツーショットを撮れるのだと横田は言った。

僕とスカ爺は、ピンクのランドセルを背負って歌っていたユキちゃんのツーショット・スペースをのぞいてみた。

ツーショット・スペースには、きれいな背景のボードが用意されている。

その前に、コンサートを終えたユキちゃんがいる。コンサート中のまんま、ピンクのランドセルを背負っている。

スタッフが、並んでいるファンの持っているチケットをチェック。そして、ユキちゃんのとなりに誘導する。

　ユキちゃんのとなりに行くと、中高生もオッサンも、みんな緊張している。

　当のユキちゃんは、ニコニコした笑顔のまま。小学生とはいえ、プロだ……。

　デジタル一眼レフを持ったカメラマンが、

「はい！」と言う。笑顔のユキちゃんと、緊張したファンのツーショットを撮る。

　中には、写真を撮ったあと、ユキちゃんと握手をしようと手を出すファンもいる。すると、スタッフが、

「あっ、握手は禁止です」と言い、ファンは残念そうな顔で引き下がる……。

　僕らは、そんな光景を少し離れたところから見ていた。

　そのときだった。スカ爺が、「あれ？」と小声で言った。


♪


「ん？」僕はつぶやき、スカ爺を見た。スカ爺は、ユキちゃんのツーショットを撮っているカメラマンをじっと見ている。

「なんか？」と僕。

「間違いないな……」とスカ爺はつぶやいた。

「いま写真撮ってるやつは、元レコード会社の社員だ」とスカ爺。

「レコード会社？」

「ああ、〈フィフス・アベニュー〉のアルバムをリリースしていたレコード会社の社員だった」とスカ爺。

「確か、野々村《ののむら》といったかな。宣伝部員だったよ」

「宣伝部員？」

「ああ。野々村は、宣伝部員で同時にカメラマンでもあった。音楽雑誌など、メディアに流す写真を撮るのも仕事だったな」とスカ爺。僕の方を向いて、

「ほら、あんたと初めて会ったとき、おれと道雄のツーショット写真を見せただろう？あれもやつが録音スタジオで撮ったスナップ写真だ」

と小声で言った。

「……あいつ、会社が潰れて、こういう仕事をしてたのか……」とスカ爺。

僕は、その野々村という男を見た。年齢《とし》は五十代の後半だろうか。きちんと分けた髪には、白いものがまざっている。度の強そうな眼鏡をかけている。

「はい、次の方！」

とスタッフがファンをユキちゃんの方へ誘導する。

そしてユキちゃんとのツーショット撮影。野々村は、テキパキとツーショットの写真を撮っている……。

そのときだった。僕はふと野々村の様子を見ていた。

ユキちゃんとファンのツーショットを撮っている、その姿に、何か引っかかるものを感じていた……。

♪

「なるほどなあ……」とスカ爺。車のステアリングを握ってうなずいた。

僕らは、やつのスカGで帰るところだった。

「それは、ちょっと気になるなあ」とスカ爺。

「それじゃ、また明日も有明まで行くか」と言った。

車は、東京から神奈川県に入った。後ろのシートでは涼夏が居眠りしている。

「それにしても、この乗り心地は何とかならないのか」と僕。

「尾てい骨《び》に響くぜ」と言った。車高を思い切り下げ、足回りを固めたスカGの乗り心地は、ひどいものだ。が、スカ爺は、

「そうか？」とだけ言った。シャコタンのスカGは、ひたすら首都高速湾岸線を走り続ける。

♪

翌日の日曜。午後3時半。

僕とスカ爺は、また有明アリーナに来ていた。

昨日と同じだ。4時半の開場を待つファンたちがアリーナ周辺にあふれている。

アリーナの外では、公式のコンサート・グッズが販売されていた。〈4年B組〉のメンバーがプリントされたTシャツやキーホルダーなどだ。

その売り場には、ファンが群がっている。

僕は、そんな人混みから少し離れて、わざとウロウロしていた。すると、近くに帽子《キャップ》をま深《ぶか》にかぶった男がいた。

その男とすれ違おうとすると、

「お兄さん、生写真《なまじゃしん》いらない？」と男が声をかけてきた。

「生写真？　誰の？」僕は、立ち止まって訊いた。

「ユキちゃん。いっぱいあるよ」と男。

「どんな？」僕は興味をそそられたふりをした。

男は、ジャンパーのポケットからL判のプリントを何枚か出して見せた。どれもユキちゃんのアップが写っている。

「いくら？」僕は訊いた。

「1枚千円、安いだろう？」と男。そのときだった。

「安いが、結局は高いものにつくな」という声が男の背後でした。男はあわててふり向いた。スカ爺が立っていた。

「久しぶりだな、野々村」スカ爺が言った。

「スカ爺……」と野々村。かたまっている。

「さて、こんな事をしてるのが主催者側にバレたら、どうなるのかな？」とスカ爺。

野々村は、口をパクパクさせている……。

きっかけは、昨日。アイドルのユキちゃんとファンのツーショットを撮っている野々村の姿だ。

次々とツーショットを撮ってもらいにやってくるファンたち。

そんなツーショットを撮る間にも、野々村がユキちゃんだけに向けてさかんにシャッターを切っていた。

それが、僕の気持ちに引っかかったのだ。そんなにユキちゃんだけの写真を撮ってどうするのか……。

もしかしたらという疑問を、昨日の帰り道でスカ爺と話したのだった。

「じゃ、主催者のところに行こうか」とスカ爺。野々村の肩に手を置いた。

「ま、待ってくれ!」と野々村。その表情が引きつっている。「もしこれがバレたら……」とうめき声を上げた。

16　ビールをちびちび飲むやつはダメだ

「もし、こんな事が主催者側にバレたら？」と僕。

「もちろん、ツーショットを撮る仕事はクビになるよなあ……」とスカ爺。

野々村は、かたまったままだ。

僕は、やつの手からユキちゃんの生写真を取り上げ、

「それだけじゃすまないな。立場を利用して撮ったこの写真を売ったとなると、ユキちゃんの肖像権《しょうぞうけん》を侵害《しんがい》した事になるな」と言う。スカ爺がやや大げさにうなずいた。

「そうなると、立派な犯罪だな……」と言った。野々村は、顔を引きつらせたまま、

「そんな……」

「そんなもこんなもないぜ。ここは、覚悟を決めるんだな」とスカ爺が言った。

野々村は、顔をこわばらせ、

「ほんの出来心なんです。ちょっと競馬につぎ込む小遣いが欲しくて……」
「そんなたわ事は、警察で言うんだな。やつらはヒマだから、あんたの泣き言を親切に聞いてくれるよ」と僕。
「……そこをなんとか」と野々村。「昔は一緒に仕事をした仲じゃないですか」すがるようにスカ爺に言った。

♪

「まあ……確かに同じ会社で仕事をしたわけだし、そこのところは考えてやらないでもないが……」スカ爺が言った。野々村の表情が変わった。
「頼みますよ。なんか、出来る事があればしますから。〈4年B組〉のコンサートチケットなら、なんとかなるし……」
と野々村。僕とスカ爺は、顔を見合わせて苦笑い……。

♪

「おれがあの会社の仕事をやめてからも、お前さんは会社にいたよな」

スカ爺が野々村に訊いた。

「え、ええ……」と野々村。

「という事は、牧野道雄の〈フィフス・アベニュー〉がラストになる5枚目のアルバムを制作してたときも、会社で仕事をしてたわけだ」

「……ああ、だいぶ以前になりますが……」と野々村。

「それはそうだが、〈フィフス・アベニュー〉が5枚目のラスト・アルバムを録音する現場はのぞいたか？」

「ええ……ちょこちょこと……」

「で、スナップ写真は撮ったか？」とスカ爺。野々村は、うなずいた。

「そこそこ撮ったと記憶してます……」

「その写真は、いまもあるか？」

「帰って探してみないとわかりませんが、たぶんあるかと……。処分はしてないと思います」

野々村は言った。スカ爺は、腕組み……。

「オーケー。おれたちには、その録音に関して知りたい件がある。もしお前さんがその事できちんと協力してくれるなら、この生写真の件は水に流してやってもいい」

「ほ……本当ですか？」

「ああ。ただし、お前さんがちゃんと協力してくれたらの話だ」

「……ああ……もちろん協力させてもらいます」と野々村。

「オーケー。じゃ、手始めに明日の午後3時、横浜まで来い」

とスカ爺。店のカードを取り出し、野々村に渡した。

「もちろん、行きます」

「で、〈フィフス・アベニュー〉がラストになる5枚目のアルバムを録音してるときのスナップ写真を、ありったけ持ってこい。わかったか」

「わ……わかりました……」と野々村。スカ爺の店のカードを、大事そうにポケットに入れた。

じりじりと、後ずさりしていく……。


♪

「あいつ、来るかな」僕は小籠包《しょうろんぽう》を箸でつつきながら言った。

有明からの帰り、午後6時過ぎ。僕とスカ爺は、夕方の横浜中華街にいた。

「たぶん、来るさ」

スカ爺も、小籠包を食べながら言った。

「野々村は、もともと気が小さなやつだし、生写真の件は決定的にやばいからな」

「確かに……」と僕。

「あんたが言うように、生写真の件で訴えられたら、仕事を失《な》くすぐらいじゃすまないからな。やつは来るさ」とスカ爺。

「ただ、野々村のやつが、どれほどの事を知っているかは、わからないな」

「というと？」

「やつは、ただの宣伝部員でカメラマンだ。CDの録音に直接かかわってるわけじゃない。だから、録音に関する事をどのぐらい知ってるかは、なんともわからん」

「なるほど……」

「まあ、とりあえず、やつが持ってるだけの情報を引っぱり出してみるか」


♪

僕らの予想通り、野々村はやってきた。

午後3時を少し過ぎた頃。

横浜にあるスカ爺の店〈HAMAR〉のドアが開き、野々村が入ってきた。ポロシャツ姿で、小型のショルダーバッグを肩にかけている。

カウンターの中にはスカ爺。僕はカウンター席にかけ、一番搾りを飲んでいた。店に客はいない。野々村は、恐る恐るという感じでカウンターに近づいてくる。

「よお」とスカ爺。自分はBUDを前にしている。

カウンター席に座った野々村の前にも、BUDを出す。グラスに注いでやる。

「まあ、軽く一杯やれ」と言った。飲ませた方が少し口が軽くなると思ったらしい。

野々村は、「どうも」と言った。グラスを手にして、ちびっとBUDを飲んだ。

そのちびちびした飲み方が、この男の気の小ささ、人間の小ささを表していた。


♪

「あの〈フィフス・アベニュー〉が5枚目になるアルバムを制作しはじめたとき、大もめになったのはもちろん知ってるよな」

スカ爺が言った。野々村は、うなずいた。

「私はその現場にいなかったけれど、話は聞いてます」と野々村。スカ爺がうなずく。

「〈フィフス・アベニュー〉のリーダーだった牧野道雄と、リズムギターだった松本清高、通称マツキヨがもめた」

「え、ええ……そうらしいですね」

「で、道雄とマツキヨが言い争いになり、最終的にはおれがマツキヨをぶん殴って大騒ぎになった」とスカ爺。ＢＵＤでノドを湿らす。

「マツキヨは〈フィフス・アベニュー〉から抜けた。が、かわりにリズムギターのプレーヤーが入って、〈フィフス・アベニュー〉としては5枚目でラストになるアルバムは完成した」

「……ええ……」

「で、まず知りたいのは、マツキヨにかわってリズムギターを弾いたのが誰かって事だ」スカ爺が言った。

野々村は、目の前のグラスをじっと見ている……。

「その辺の事は、私たちには知らされてなくて……」と言った。その3秒後、

「下手な嘘だな」とスカ爺が言った。スマートフォンを手にした。どこかへかけている。

やがて、つながったらしい。

「ああ、おたくは〈4年B組〉が所属してるJSプロモーション?」と言った。

とたん!

「や、やめてください!」と野々村の金切り声が響いた。


♪


「あ、そう。〈4年B組〉のコンサート・チケットは、発売と同時にとっくに完売。さすがだねえ。そりゃ失礼」とスカ爺。通話を切った。

「やめてください!」と野々村。

「あっそう。それなら、本当の事を話しな」と野々村に言った。

野々村は、また数秒、目の前のグラスを見つめていた。やがて、口を開いた。

「あの5枚目のアルバムについては、会社からいろいろ口止めされていて……」

「しかし、その会社もとっくに潰れてしまったわけだから、どうでもいいんじゃないか?」とスカ爺。

「ま……まあ、そうですね……」野々村は言った。目の前のグラスに手をのばす。ひと口飲んだ。ぐちゃぐちゃになった頭の中を整理しているようだ……。

♪


やっと野々村は口を開いた。

「〈フィフス・アベニュー〉のアルバムはコンスタントに売れていたので、会社としてはぜひ5枚目も制作したかったようです。あんな事態になってしまっても」

「リーダーの牧野道雄さんも、その5枚目を制作するのに前向きだったと言われてました」と言った。

僕は、うなずいた。親父にとって7年以上やってきた〈フィフス・アベニュー〉には愛着があったのだろう。

なので、半端にやめるのではなく、区切りの5枚目になるラスト・アルバムを世の中に送り出して終わりにしたかった……。そう感じられた。

「しかも、牧野さんは、その5枚目のためにすでに3、4曲の作曲を終えていたと聞いていました」と野々村。

「そんな事もあり、5枚目のアルバムは制作する方向で話が進んだようです」と言った。

「で、マツキヨのかわりのギタリストは?」とスカ爺。

「それが、なんでも牧野さんが連れてくるという話でした」と野々村。

「親父が……」僕はつぶやいた。すると、野々村は僕を見た。

「親父?……という事は、あなたは牧野さんの……」

「ああ、息子さ」僕は言った。野々村は、僕をじっと見ている……。

「そうでしたか……。そういえば、どことなく面影があるような……」とつぶやいた。

僕は、微かに苦笑……。

「まあ、それは置いといて、親父はマツキヨにかわるギタリストを連れてきたのか?」と訊いた。野々村は、うなずいた。

「で?」とスカ爺。

「あのもめ事から1カ月ほどして、牧野さんは一人のギタリストを連れてきたんですが……」

「が?」と僕。

「……それが、そのギタリストは女性だったんです」

「女?」とスカ爺。

「ええ……。しかも、アメリカ人の……」と野々村が言った。

17　そのバラードは、メイのために

「女？」とスカ爺。

「しかも、アメリカ人？」と僕。

思わず訊き返していた。

「そうなんです。しかもきれいな若い女性でした。私たちも驚いたものです」と野々村。

「若いって？」とスカ爺。

「そう……20歳《はたち》とか、もっと若かったかもしれません。十代とか……。とにかく栗色の髪をしている美しい白人女性でした」

僕とスカ爺は、顔を見合わせた。

「その美しさにも驚いたのですが、彼女がスタジオでギターを弾きはじめたとたん、ス

タッフたちは、さらにびっくりしました」

「上手かったのか？」とスカ爺。

「ええ、ギターには素人の私から見てもすごく上手だったし、録音スタッフたちも唖然《あぜん》としてましたね」

「ほう……。で、その娘《こ》の名前は？」

「メイだと牧野さんが言ってました。エム・エー・ワイ……」

「こうか」とスカ爺。紙ナプキンに、〈ＭＡＹ〉と書いた。

May《メイ》……5月……。日本人の名前でいえば〈五月《さつき》〉か……。僕は胸の中でつぶやいた。

その彼女は、5月に生まれたアメリカ娘なのかもしれない。

「そのメイの苗字、つまりファミリー・ネームは？」スカ爺が訊いた。

「それは牧野さんが教えてくれなかったんです。なんでもセミプロだからと……」

「セミプロ……」

「ええ。私たちから見ると完全にプロの腕前だったけれど、牧野さんはそう言ってました」と野々村。

「もしかしたら、ご両親には内緒でこの録音に参加したとか……。私たちは、そんな事も想像していました」

「じゃ、そのメイの素性は？」

「それも牧野さんが教えてくれなかったんです。本人の希望という事で」と野々村。

「その辺は、ご本人や牧野さんの希望があったのかもしれませんが、会社側の考えもあったかもしれません」

「会社側？」

「ええ。〈フィフス・アベニュー〉から松本清高が脱退して、別のギタリストが演奏した事を、あまり表沙汰にしたくないという……」

「なるほど」

「〈フィフス・アベニュー〉のオリジナル・メンバーに愛着を持ってるファンがいるかもしれない。そう会社の上層部が考えたとしても、不思議ではありません」

「なるほどな……。なので、その女性ギタリストの存在は、出来ればあまり大っぴらにしたくなかった……」

僕はつぶやいた。野々村が、うなずいた。

「会社の上層部がそう考えた可能性もありますね」と言った。

「謎の美人ギタリストか……」僕はグラスを手につぶやいた。


♪


「そのメイ、日本語は話せたのか？」

「すごく上手でした。なんでも3歳から日本で育ったからと牧野さんが言ってました」

「で、そのメイがバンドのリズムギターとして録音をはじめた？」

「ええ。トータルで7カ月ぐらいの録音でしたが、ときどきはコードだけでなく短いソロも弾いてたようです」

と野々村。

「録音にかかわったスタッフに聞くと、マツキヨさんより腕がいいし、何より牧野さんのリードギターとの相性が良かったという事でした」と野々村。

僕はうなずいた。5枚目のアルバムだけ、それまでの4枚とは何か違っていた。

その謎が解《と》けた。

もちろん、ギタリストが若い女性というのにはかなり驚いたが……。

♪


「で、そのメイの写真はないのか？」スカ爺が訊いた。

「ないこともないのですが……」と野々村。ボソボソと言った。

「あるのかないのか、はっきりしろ」スカ爺がきつい声で言い、バシッとカウンターを叩いた。

野々村はびくりとして、

「は、はい、いま出します」と言った。

ショルダーバッグから、ビニールの封筒を出した。中から、かなりな枚数のカラー・プリントを出してきた。

野々村は、それをカウンターの上に広げた。

僕とスカ爺は、それを1枚ずつ見ていく。

録音中は、カメラマンがスタジオに入れないから、その合間に撮った録音スタジオでのスナップ写真だった。

一番多く写っているのは、リーダーの牧野、つまり親父だ。

ギターのチューニングをしていたり。自分が書いた譜面《スコアー》をのぞき込んでいたり……。

ほかのメンバーの写真もある。

ベース、キーボード、ドラムス……。それぞれ、楽器の調整をしていたり、メンバー同士が何か話し合っているカットもある。

親父とベーシストが笑顔で何か話しているカットもある。

「録音スタジオの雰囲気は、マツキヨさんがいた頃よりなごやかになったようでした」

野々村が言った。


♪


そして、ときどき栗色の髪の女性も写っている。

たぶんテレキャスターと思われるギターを肩に吊っている。

チェックのシャツ、ジーンズというスタイルだった。ゆるくウェーヴした栗色の髪は背中までの長さ。

ギターを肩に吊っているその姿勢と雰囲気から、すでに腕の良さが感じられた……。

だが、彼女の顔が写っているカットがない。

「会社の方から、彼女の顔は撮らないようにと言われてたもので」と野々村。

それでも、斜め後ろから撮ったカットが1枚あり、横顔がかなりわかった。

確かに美しい横顔だった。凛《りん》としていて、知的でもあった……。

写真の中には、ミュージシャンの手元や、スタジオの隅に置かれた飲み物のカットもある。

そんなカットもていねいに見ていた僕は、1枚の写真に思わず目を止めた。


♪

それは、譜面に書かれた文字だった。五線譜の左上。走り書きだが、
〈バラード・フォー・メイ〉と日本語で書かれていた。
しかも、その字はどうやら親父のものだった。
作曲したものを譜面として書き、その左上にその曲のタイトルを書くのが、親父の癖

だった。

「これは？」僕は、野々村に訊いた。

「ああ、それですか……」と野々村。「スタジオにあった譜面を何気なく撮ったものですねえ……」

と言った。スカ爺も、その写真をじっと見る。

「〈バラード・フォー・メイ〉か……」とつぶやいた。

メイのためのバラード……。

僕とスカ爺は、その曲タイトルをじっと見ていた……。

このタイトルの曲は、もちろん5枚目のアルバムには入っていない。

そのメイという女性のために書いたバラード。もしかしたら、それが僕らの探している曲なのかもしれない……。

「この曲が録音されたかどうか、何か知っているか？」僕は野々村に訊いた。やつは、首を横に振った。

「楽曲に関しては、私はほとんど何も知らないので」と言った。

それは、本当なのだろう。

♪


「で、５枚目のアルバムがリリースされたあと、このメイという娘は？」スカ爺は訊いた。

「録音が終わったあと、一度も姿を見ていませんね」野々村が言った。

「その消息は？」

「それも、まるでわかりません。知っているとしたら、牧野さんだけでしょうが……」

と野々村。

「曲のミックスダウンが終わって、ＣＤはリリースされました。ギタリストとして、松本清高のかわりに〈May〉とだけクレジットされて……」

「その後、コンサートなどは？」

「事情が事情だけに、行われなかったと記憶しています」

野々村が言った。

５枚目のアルバム・タイトルは〈Long Good-bye《ロング・グッドバイ》〉だった。

長いお別れ……。少し切ないが、それは、何事にもいさぎよかったあの親父らしいメッセージだとも感じられた。

僕は、ビールのグラスに口をつけた。一番搾りが、少しホロ苦かった。店のオーディオから、イーグルスの〈Life In The Fast Lane《ライフ・イン・ザ・ファスト・レーン》〉が低く流れていた。

日本語だと〈駆け足の人生〉と訳されている曲だ。

♪

「さて、どうしたものかな……」スカ爺がつぶやいた。2本目のＢＵＤをグラスに注いだ。野々村が帰っていって10分ほど過ぎていた。

カウンターには、2枚の写真があった。

メイの斜め後ろから撮ったカット。

それと、〈バラード・フォー・メイ〉とタイトルが書かれている譜面のカットだ。

「これが、もしかしたら、おれたちが探してる曲かもしれない」とスカ爺。

「だが、これを書いた道雄はもういない。そして、このメイという娘の素性も行方もわからない。となると、曲探しは暗礁にのり上げたかな」

そう言ってＢＵＤをぐいと飲んだ。

僕は、一番搾りのグラスを手にして、考えていた。やがて、

「そう言えない事もないが、ちょっと気になる事があって……」とつぶやいた。

「気になる事？」

「ああ、はっきりとはしないんだが、頭のすみで、チカチカと光ってる何かがあってな……」

と言った。スカ爺が、じっとこっちを見ている……。

18　天国で君に会ったとき

その1週間後。

うちの店内にギターの音が響いていた。Dm……B♭……。キーの高い音色が響く。

白人少年のボビーが、フェンダーを弾いていた。

シールドケーブルをアンプにつなぎ、フレットの上で指を走らせている。

曲は、E《エリック》・クラプトンの名曲〈Layla《レイラ》〉。そのイントロ部分を弾いていた。

かなり速弾きするところだ。ボビーは、ときどきミスをしながらも頑張って弾いていた。

店では、涼夏が中古CDの整理をしながら、なんとなくそれを聴いている。

ボビーが、うちの店に来るようになってもう4回目だ。

もちろん、店にあるギブソンやフェンダーのギターを弾きたいからだろう。

それともう一つ。ボビーは、どうやら涼夏を気に入っているようだ。その涼夏の前でかっこいいところを見せたくてギターを弾いている。それもあるようだ。

僕は胸の中で苦笑いしながら、そんな様子を見ていた。

♪

店のドアが開いて、タマちゃんが入ってきた。タマちゃんは、近所に住んでいる涼夏の親友だ。

「涼夏、アサリとりにいこうよ。そこの砂浜、いますごく潮が引いてるよ」とタマちゃん。

「あ、いいね」と涼夏。CDの整理は中止。二階に上がっていく。膝たけのジーンズに着替えてきた。

「じゃ、アサリとってくる。今夜はボンゴレのスパゲティね」と僕に言う。

ギターを弾いてるボビーにも軽く手を振る。タマちゃんと一緒に店を出ていった。

♪

「もう、やめか？」と僕はボビーに言った。ボビーは、弾いていた〈Layla〉をやめてしまっている。涼夏がいなくなって、がっかりしたらしい。

「まあ、あんまりうけなかったかな」僕は苦笑して言った。冷蔵庫からコークを出してボビーに渡した。

「ありがとう」とボビー。コークに口をつけた。


♪


「プロになりたいのか？」僕はボビーに訊いた。

「出来るなら」とボビー。「でも……」とつぶやいた。

「でも？」

「あんまり自信がないんだ」とボビー。「プロになるには何が必要なのか、それがまだわからなくて……」とつぶやいた。

僕は、うなずいていた。

「誰にとっても難しい問題だな」と言った。そして、

「プロのギタリスト、それも一流のプレーヤーになるために何が必要か本当に知りたい

のか？」と訊いた。

同じギターを弾く人間として、この少年をなんとかしてやりたい、そんな気持ちが、僕の中で少しずつわいてきていた。

僕自身にも、こういう十代があった。ギターの練習はするものの、はっきりとした自信も未来への確信も持てなかったあの頃が……。

僕はしばらく考える。

「オーケー。じゃ、来週、横浜に行こう。いいよな」と言うとボビーは素直にうなずいた。やがて、彼はバイクで帰っていった。

そのあと、僕はスカ爺に電話をかけた。

「よお爺さん、ちょっと相談があって……」

♪

「ひさびさで、腕が鳴るなあ」とスカ爺。エレキベースのチューニングをしながら言った。

翌週の水曜日。夜の7時過ぎ。横浜にあるスカ爺の店だ。

店には、そこそこの客が入っていた。スカ爺が久しぶりに演奏をする、その噂が広まったからだろう。

僕も、ステージにいた。テレキャスターのチューニングをしていた。

シールドをアンプにつなぎ、音量と音質も調節する……。

涼夏、そしてボビーは、ステージに近いテーブルにいた。ボビーの表情は少し緊張している。彼は、僕が弾くギターを初めて聴くのだから……。


♪


ステージにスポットライトが落ちた。

〈さて、いくか〉という表情でスカ爺が僕を見た。

〈いつでもいいぜ〉という表情を僕は返した。

スカ爺は、ベースを膝にのせて椅子にかけている。目の前にはマイク。僕は、その斜め後ろに立っている。肩には、テレキャスターを吊っている……。

打ち合わせしておいた通り。へたなＭＣはなし。

スカ爺が小声で、〈ツー〉〈スリー〉〈フォー〉と合図を出す。

僕はピックで優しく3弦を弾いた。スカ爺も、指でベースの2弦をはじく。

クラプトンの〈Tears In Heaven《ティアーズ・イン・ヘヴン》〉。

当時4歳だった息子を不慮の事故で亡くしてしまったクラプトン。

その絶望感から立ち直る過程で作った曲だ。

4小節のイントロ……。

そして、スカ爺が歌いはじめた。少ししゃがれた声で歌う。けして上手ではないが、温かみのある声でさらりと歌っている。悪くない。

Aメロ……Bメロ……サビ……。

そしてAメロに戻ってヴォーカルが終わった。

打ち合わせ通り、そこから、ギターソロだ。クラプトンのオリジナル曲にはないギターソロを、僕は弾きはじめた。

僕は、目を閉じ、ゆったりと弦を弾く。スカ爺のベースが、一歩一歩後ろをあるくように支えてくれている……。

4歳で旅立ってしまった息子と、天国で会ったときの事を、クラプトンはしっとりと歌っている。

その歌詞を思い浮かべながら、僕はギターを弾いていた。

すると、若くして旅立ってしまった親父に向かって、語りかけているような気持ちになっていた。


〈親父、そっちはどうだい？〉

〈相変わらずギターは弾いてるかい？〉

〈好物だったサバの味噌煮は食ってるか？〉

〈心配するな、おれも涼夏も元気だよ〉


そんな事を心の中で語りかけながら、僕はギターを弾いていた……。語りかけながら、同時に祈るように……。ふと気づくと、もう曲のエンディングに近づいている……。

僕は、そっと静かに、誰かの写真の前に花を置くように、曲を終えた。

ギターの音が、ゆっくりとフェードアウトして終わる……。

ふと目を開く。

涼夏が、ハンカチを目に当てている。ほかにも、目にハンカチを当てている人がいた。

近くにいるスカ爺も、そっと目尻をぬぐった……。

♪

「教えてくれないか」とボビーが言った。

演奏を終えた僕とボビーは、店の外で立ち話をしていた。

「教えるって、何を？」と僕。

「どうやったら、あんな演奏ができるのか……」ボビーがつぶやいた。その目も心なしか潤んでいる。

僕は、しばらく無言でいた……。

「思うんだけど、本物のプロがやる演奏ってのは、上手い演奏じゃなく、いい演奏なんじゃないかな？」ぽつりと、僕は言った。

「いい演奏……」

「そう、上手いというより、いい演奏……」と僕。ボビーは、僕の横顔を見た。

「じゃ、そんな演奏をするためには、どうすれば……」と訊いた。

「そんなに難しい事じゃない」と僕。

「ギターを手先で弾くんじゃなくて、気持ちで弾くんだ」と言った。


♪


タクシーが、僕らの前を走り過ぎた。

しばらく考えていたボビーが、

「そうか……」と口を開いた。僕は彼の横顔を見た。

「これまで、僕は上手く弾く事ばかり考えていた。出来るだけ速い指使いで、聞き手をびっくりさせるような演奏をしようとだけ考えてた……」とボビー。

「それって、間違いだよね」と言った。

僕は苦笑い。

「ほとんど間違いといえるかな……」

「いま、やっとわかったよ。その事が……」と言った。僕は微笑し、

「お前さん、いまいくつだ？」

「18……」とボビー。18歳。涼夏と同じ年か……。

「その年で、その事がわかっただけでも上出来だと思う」と僕。「そういう事に気づかず、ただ器用さだけでプロのギタリストを続けているやつだって、山ほどいるからなあ……」

僕は言いながら、ふとあのマツキヨを思い出して苦笑い……。

♪

「どうすればいいのかな」とボビーが言った。

「どう？」

「ああ。ただ手先で弾く器用なだけのギタリストじゃなく、本物のギタリストになりたいから……」

ボビーは言った。僕はしばらく考えた。そして、軽くうなずいた。

「まあ、おれがアドバイスできる事はしてもいいよ」と言った。

「本当か？」

「ああ……」と僕。「じゃ、そのまず第一段階。そのギタリストがどんな演奏をするかは、そのギタリストがどんな人間かという事だ」と言った。

「今度来るまでに、その事をよく考えてこいよ。お前さん自身が、どんな人間なのか……」と言い、ボビーの肩を軽く叩いた。彼が、うなずいた。

横浜の街に、初夏の風が渡っていく。

19　ファーザーレス・チャイルド

「お、マヒマヒじゃん！」と船の舵を握る陽一郎が、ふり向いて言った。

「どうやら、そうみたいだな」僕は言った。

軍手をはめた手で、釣り糸をたぐっていく。やがて、マヒマヒが船に近づいてきた。逞《たくま》しく美しい魚体が見えた。船べりにいた涼夏も、

「ホントだ！　マヒマヒ！」と声を上げた。

その昼頃。葉山沖。僕らは陽一郎の船で釣りをしていた。

船の後ろにルアーを流すトローリングだ。

正午すぎ。リールが音をたてた。船の後ろでかなり大きな魚がジャンプしたのだ。

間違いなく、マヒマヒ……。

やがて、僕がリールを巻き、船べりに寄せたマヒマヒを、陽一郎が大きなネットです

くい上げた。80センチ以上はあるマヒマヒだった。なかなかいいサイズといえる。

それをクーラーボックスに入れた陽一郎が、

「もうマヒマヒが相模湾に入ってきてるんだな」と言った。

マヒマヒは南洋の海から黒潮にのって北上してくる魚だ。いまは、まだ6月の前半。大型のマヒマヒが相模湾に回遊してくるには少し早い。

その原因は、世界的な水温の上昇かもしれない……。

「とにかく、今夜はマヒマヒのフライで乾杯だな」と陽一郎。

僕らは、船を港に向ける。左舷側では、大学ヨット部のディンギーが、5艇ほど練習していた。

白い帆《セイル》が海面をゆったりと動いている。

見上げる空は紺に近いコバルトブルー。すでにソフトクリームのような夏雲がわき上がっている。


♪

午後2時過ぎ。僕や涼夏がシャワーを浴び終わった頃、バイクの音がした。

ボビーがやってきたらしい。Tシャツ姿の彼が、店に入ってきた。

「ずいぶん早いな。学校は？」僕が訊いた。

「ああ、ずらかってきた」とボビー。

「大丈夫なのか？」

「大丈夫じゃないけど、もうすぐやめるかもしれないし……」

「ふーん……」僕はつぶやいた。何がなんでも学校を卒業しなきゃいけないとは思っていないけれど、

「学校で、何か嫌なことがあるのか？　いじめとか……」

「いじめってほどじゃないけど、同級生たちにシカトされる事も多いよ。ハーフだから」ボビーは何気ない口調で言った。

「ハーフだったのか……」僕はつぶやいた。涼夏もポッキーを口に運ぶ手を止めて彼の方を見ている。

確かに……。黒くストレートな髪。顔の彫りは深いけれど、ハーフと言われれば、そう見える。

「ああ、父さんがアメリカ人で母さんが日本人」

ボビーは言った。横須賀の子で親父がアメリカ人という事は、

「親父はアメリカ兵か？」僕は訊いた。ボビーはうなずき、

「そうだったらしい」と言った。

「らしい？」

「ぼくが物心ついたときには、母さんしかいなかったから……」かなりさっぱりした口調だった。あえて湿っぽくならないような……。

「じゃ、父さんと母さんは結婚してなかった……」

と僕。ボビーは、微かにうなずいた。18年の人生で、その事について話すのには慣れている、そんな感じだった。

「母さんは、横須賀基地の近くの店に勤めてたんだ」

「店？」

「アメリカ兵相手の不動産屋」とボビー。

「なるほど……。そこで二人は出会って、お前さんが生まれた」と言うと、ボビーがまたうなずいた。

「でも、ぼくが2歳のとき、父さんはサン・ディエゴの基地に転属になって、もう帰っ

てこなかった」それも、サラリとした口調で言った。

♪


「じゃ、お前、言ってみりゃ〈ファーザーレス・チャイルド〉ってわけだ」

僕が言い、ボビーが軽く苦笑した。

ギター弾き同士ならわかる。

あのクラプトンの有名曲で、〈Motherless Child《マザーレス・チャイルド》〉というやつがあるのだ。

その〈マザーレス・チャイルド〉のイントロを僕はテレキャスターで軽く弾いた。

それを聴いたボビーが白い歯を見せ笑顔になった。お互いの心と心で、何かが通じた感じがした。


♪


「じゃ、お前の母さんはいま何やってるんだ」テレキャスターを膝にのせたまま、僕は訊いた。

「スーパーで働いてる。パートタイムだけど」

とボビー。僕は、うなずいた。彼が持っているギターは、ひどい安物だ。その理由がわかった。たぶん、経済的に楽な母子家庭ではないのだろう。

「バイトとかは、やってるのか？」訊くとうなずいた。

「レストランの食器洗いのバイトを、週に5日やってる」とボビー。僕は、うなずいた。

「そのうち、いいギターを手に入れるために？」

「もちろん……」

「やがて、腕利きのプロ・ギタリストになって、母さんに楽をさせてやりたいか？」僕は訊いた。

「そりゃ、もちろん……」とボビー。

「別にクラプトンほどにならなくてもいいから、パートタイムで働かなくてもいいようにはしてあげたい」と言った。僕は、うなずいた。

「オーケー。それじゃ、ちゃんと練習しよう」と言い、店のフェンダーをボビーに差し出した。「遠慮なく弾いていいぜ」


♪

「悪くない」僕は言った。

ボン・ジョヴィの〈Bed Of Roses《ベッド・オブ・ローゼズ》〉の間奏をボビーが弾いたときだった。

確かに悪くなかった。以前より落ち着きが出てきた。そして何より心を込めて弾いている音がする。

僕はふと涼夏を見た。それまでポッキーをかじっていた涼夏が、その手を止めている。

そして、ボビーの弾くギターをじっと聴いている。何かを思うような表情で……。


♪


「よう」と陽一郎が店に入ってきた。「いま白人の子が、バイクで帰っていったな」と言った。

「ああ……」僕は、それまで弾いていたテレキャスターを壁ぎわのスタンドに戻した。ボビーに教えている事情を簡単に話す。

陽一郎は、うなずいて聞きながら、マヒマヒのフライを作りはじめた。


♪

サクッという音……。僕らは二階のダイニング・キッチンでマヒマヒのフライを食べはじめていた。香ばしい匂いが、部屋に漂う。

僕と陽一郎は、フライをかじりながらビールをぐいと飲む。

もう夏が近いので、ビールが美味い気温になっていた。

「ところで、あの白人の子は、ものになりそうなのか?」と陽一郎。

「まだまだだけど、なんか気になる弾き方をするんだ」

「気になる?」

「ああ。どこがどうというわけじゃないんだが、ちょっと気になるフレーズを弾くんだ」

僕は言った。そんな僕を涼夏がじっと見ている……。

♪

チカッと裕次郎《ゆうじろう》灯台が光った。葉山の海に立っている小さな灯台で、3秒に1回点滅する。

夜の9時。晩飯を終えた僕と涼夏は、一階の屋根に腰かけてそんな灯台を眺めていた。

手にはアイスキャンディー……。

「ほら、哲《て》っちゃんが言ってたじゃない。ボビーのギターの事……」

「ああ……」

「わたしも、なんか気になるんだ。あのボビーが弾くギターが」

涼夏がつぶやくように言った。僕はうなずいた。

「なんだろうな……」と言い、アイスキャンディーをかじった。裕次郎灯台は、相変わらず3秒おきに光っている。本格的な夏を感じさせる海風が、僕らの髪を揺らせていた。


♪


その2日後も、昼頃にボビーはやってきた。何かビニール袋を持っている。

「これ、よかったら」と言い僕と涼夏に差し出した。タダで教えてやっているその授業料という事なのか……。

袋の中には、カレーパンが3、4個入っていた。

「母さんが働いてるスーパーの売れ残りなんだけど……」とボビー。少し頬を赤くした。

「おお、いいね。ありがとさん」僕は言い、カレーパンを手にしてかじる。涼夏も同じようにカレーパンを食べはじめた。

♪


「じゃ、やろうか」カレーパンを食べ終えた僕は、自分のテレキャスターを膝に置いてボビーに言った。

ボビーも、店のフェンダーを膝にのせた。

あのＪ《ジェフ》・ベックが弾いたフレーズをまず僕がやってみせた。次に、ボビーがそのコード展開をやってみた。

そのとき、僕はハッとした。

ＦからＢ♭に展開する指使いが、独特だった。

いままで、聴いたことがない指使い……。正確に言うと一度だけ聴いた事がある指使い……。涼夏も、それに気づいたらしい。かじりかけたカレーパンが宙に浮いている。

「お前、いまの指使い、誰に教わった？」と僕。

「誰って、3年近くずっと教わってる先生……」とボビー。

「その先生って？」

「……女の先生……」

「女？」

「そう、アメリカ人の……」とボビーが言った。

「その彼女の名前は？」

「メイ。……メイ・ファーガソン」

20　猛烈大陸

ビンゴ！

僕は心の中で叫んでいた。そう、これだったのだ。

ボビーが弾くギターのフレーズ。それが、気になっていた。僕も、そして涼夏も……。

ボビーが弾くフレーズの特徴は、あの〈フィフス・アベニュー〉のラスト・アルバムで聴いたものとほとんど同じ。

つまり、メイという女性ギタリストと、弾き癖、指の走らせ方が同じなのだ。

しかも、かなり特殊な指使いといえる……。それが、僕と涼夏の心に引っかかっていた。

その謎が、いま解けた。

ボビーが教わっていたギタリストが、そのメイだとすると、すべての辻褄《つじつま》が合う。

僕は二階に行き、あのスナップ写真を持ってきた。

〈フィフス・アベニュー〉の録音の合間に、野々村が撮ったスナップ。メイを斜め後ろから撮ったものだ。

「これ、彼女か？」と言い、それをボビーに見せた。ボビーは即座にうなずく。

「メイだよ。いつもチェックのシャツを着ているんだ」と言った。

「へえ……いつもチェックのシャツを……」僕はつぶやいた。

「ああ、そうなんだ。なんか、こだわりがあるみたいで……」とボビー。

♪

僕は、ボビーに話しはじめた。

僕の親父はギタリストで、〈フィフス・アベニュー〉というフュージョン・バンドをやっていた事。その〈フィフス・アベニュー〉の5枚目になるラスト・アルバムに、メイがギタリストとして参加していた事。

ボビーは、かなり驚いた表情で聞いている……。

「で、いま、彼女に会う事が出来たら、ぜひ聞きたいことがあるんだ」と僕は言った。

ボビーは、相変わらず驚いた表情をして聞いている。僕らの話は、まだまだ続く……。

♪

「そのメイには、まだ教わってるのか？」と僕。ボビーは首を振り、

「つい1カ月前まで」と言った。そして話しはじめた。

横須賀基地の近くにショッピングモールがある。その5階に楽器店があるのは、以前から僕も知っていた。

その楽器店が、ちょっとした音楽教室をやっている事も聞いていた。

楽器店にとっては、音楽教室は売り上げにも結びつくからだ。

「防音のレッスン室が5つあって、そこで主に十代の子たちにギターやウクレレのレッスンをやってるんだ」

とボビー。

「そこで、メイに教わってたのか？」

「ああ、この3年近く……」とボビー。

「それが、1カ月前で終わった？」訊くとボビーはうなずいた。

「楽器店や音楽教室の経営者が突然変わって、レッスン料を急に値上げしたんだ」

「へえ、値上げか……」

「それまで1時間3千円だったレッスン料を、突然、5千円に値上げして……」

「そりゃひどいな」

「新しい経営者って、なんか金にせこい人らしくて……」とボビー。僕はうなずいた。

「急にレッスン料を値上げされたんで、お前さんは行けなくなったわけか」

ボビーがうなずいた。

母親がパートタイムの仕事で生活を支え、息子本人も皿洗いのバイトをしている家庭にとって、3千円から5千円への値上げは痛いにちがいない。


♪


「で、メイは？」

「なんでも、その値上げの件で店側と言い争いになったらしくて、教室の講師をやめちやった」

「そうか、彼女としては値上げに反対だったんだな」

ボビーが強くうなずき、

「メイは、以前のレッスン料3千円の頃でも、十代の子たちにとっては高いといつも言っていたよ。そういう人なんだ……」と言った。

「あまり欲がない？」

「そうかもね……」とボビーはつぶやく。しばらく考えていてまた口を開いた。

「僕の年でもわかるよ。メイって……ギタリストとしてどうという以前に、人として最高だと思うんだ」

とボビー。ちょっと照れくさそうに、背伸びをした言葉を口にした。

僕は、うなずいた。18歳の少年の、その言葉が、チクリと胸のすみを刺したのも感じていた。

「なるほど……。それ以後、メイとは？」訊くと首を横に振った。

「メイの連絡先を知らないんだ。講師と生徒が連絡先を交換しちゃいけない事になってて」とボビー。

「なるほどな……」僕は苦笑した。

「そうしないと、講師が店でない所で個人的にレッスンをしてしまう可能性があるからか……」と僕は苦笑い。

「まあ、いまの日本らしくせこい話だな」とつぶやく。

「で、メイの家はもちろん知らない？」とボビーに訊いた。彼はうなずいた。

「横須賀の街の高台に住んでるとしか聞いた事がなくて……」とつぶやいた。


♪


ボビーが帰っていった10分後。

「そうなると、メイさんに連絡をとるのは難しいか……」と涼夏がつぶやいた。

「確かにそれはそうだが、何かいい手があるかもしれない……」僕はつぶやいた。


♪


2日後の午後だ。

「そういう服も似合うぜ、爺さん」僕はスカ爺に言った。

「そうかな？」とスカ爺は苦笑いした。

横須賀。ショッピングモールの入り口に僕らはいた。

スカ爺は、いつもの革ジャンではなく、麻のジャケットを着ていた。そのせいで、不良っぽさがかなり薄れている。

「まあ、いってみるか」

僕らは、エスカレーターで5階に上がる。

問題の楽器店は正面にあった。キーボードや管楽器もあるが、圧倒的に多いのはギターだ。

僕らは、そのギター売り場に入っていく。ひと通りのギターは並んでいる。

中学生ぐらいの男の子が、並んでいるヤマハのアコースティックに触ろうとした。

すると、

「ダメダメ！」という声。ワイシャツにベストという姿の中年男がやってきた。

「勝手に触っちゃダメだ。まず店員に声をかけて」

と、かなりきつい口調でその子に言った。

確かに、客が勝手に楽器をいじくり回すのは困る。それにしても、この男の口調は子供相手にしてはきつ過ぎる。意地が悪かった。

中学生ぐらいの子は、がっかりした様子で立ち去る。

僕もスカ爺も、そんな様子を見ていた。

ワイシャツにベスト姿のやつは嫌な感じの中年男だが、どうやらこいつが店長らしい。痩せて、ふちなしの眼鏡をかけている。髪は禿げ上がっている。

スカ爺が、その男に声をかけた。

「失礼ですが、店長さんで？」と言う。

「はい、わたくしが店長の佐々木《ささき》ですが」と相手。

「それはよかった。実はわたしたちは、テレビ番組の制作をしている〈GT企画〉という会社の者で」とスカ爺。

「テ、テレビ番組？」と佐々木という店長。

「ええ、〈猛烈大陸〉というドキュメンタリー番組で」とスカ爺。

「ああ、存じております。あの博士太郎《はかせたろう》さんがバイオリンでテーマ曲を演奏している……」と佐々木。

「なるほど、ご存知で……。よかった……。実は、うちの方である企画が立ち上がりまして」とスカ爺。

「……企画……」

「ええ。こちらのお店でギターを教えているアメリカ人女性の噂をスタッフが耳にしまして
ね。確か、メイさんとかいう……」

スカ爺は、それらしくすらすらと話す。

「そのメイさんの日常を追ったドキュメンタリー番組を制作するのはどうかという話が持ち上がりまして、とりあえずうかがったわけなんですが……」

とスカ爺。

「メイさんは、いまもこちらでギターを教えているんですよね？」と訊いた。佐々木は、

「あ、え、もちろん当方で講師をやっておりまして……」と慌てて答えた。

〈嘘つけ〉と僕は、腹の中で笑った。

メイは1カ月前に、この店と言い争いになり、教えるのをやめている。

だが、佐々木としては、メイがまだこの店でギターを教えている事にしたいらしい。

もちろん、それが全国ネットのテレビ番組になったら、これ以上の宣伝はないからだ。

「メイさん、今日は来ていないけど、連絡をとってみましょう」と佐々木。

店のカウンターに行く。何かリストのようなものを出した。

スマートフォンで、その中のある番号にかけている。

〈090〉ではじまる携帯の番号……。その後に続く8桁の番号を佐々木はタッチしている。

僕は、さりげなく身をのり出して、その8桁を読みとり記憶した。

佐々木は、しばらく相手をコールしている……。が、相手は出ない。

「メイさん、いまは忙しいようですね」と言った。

僕はもう、記憶した携帯番号を自分のスマートフォンに打ち込んでいた。

「なるほど。それでは、メイさんに連絡がついたら、こちらにご一報ください」

とスカ爺。電話番号を書いたメモ用紙を佐々木に渡した。

僕らは、店を出てエスカレーターに向かう。

「あのオッサンに、いま渡した電話番号は？」と僕。

「横浜税務署」とスカ爺。


♪

一階におりる。マクドナルドがあり、僕とスカ爺は入っていく。ボビーが、テーブルでフレンチフライをつまんでいた。

「どうだった？」

「なんとか上手くいった。メイの電話番号がわかった」

僕は言った。佐々木がかけていたメイの携帯番号をボビーに教えた。彼が、その番号を自分のスマートフォンに登録した。

「で、どうすれば？」と僕に訊いた。

21　カニのような男だった

「しばらくしたら、彼女にかけてみてくれ」と僕。「ただ、普通なら知らない番号からかかってきてもメイは出ないはずだ」

「そうしたら？」

「留守番電話にメッセージを残すんだ。ボビーだと言い、連絡が欲しいと。そして自分の電話番号を録音する」

　ボビーがうなずいた。

「お前からのメッセージが入っていたら、メイはかけてくるはずだ」

「たぶん……」

「いや、必ずかけてくるさ。なんせ、3年近くもギターを教えていたわけだから」

「……そうだね。そうしたらどうする？」

とボビー。僕は、そこで少し考える……。どういうメッセージを送るのが自然だろう……。

♪


5分ほど考えたが、結局、直球勝負が一番いいと思った。

「メイに、こう伝えてくれ。以前、あなたと一緒に〈フィフス・アベニュー〉というグループのアルバムの録音をした牧野道雄を覚えていると思うけれど、その息子の哲也があなたに会いたがっていると……」

ボビーがうなずいた。

「で、おれとお前が、横浜にあるスカ爺の店でたまたま知り合った……。そんないきさつも、彼女にはありのままに話していいよ。隠す必要は何もないから」

僕が言い、またボビーがうなずいた。僕は、自分の携帯番号を書いたメモをボビーに渡した。

「気が向いたら、この番号にかけてくれと彼女に伝えてくれ」

「わかったよ」

「彼女、連絡してくるかな……」とスカ爺が言い、ハンバーガーをかじった。

「たぶん」と僕もハンバーガーを手にして言った。

「あの録音をしていた当時、親父とメイは、かなり親しかったようだ」

あの野々村が持ってきた録音中のスナップ写真。その1枚を僕は思い出していた。

その写真には、メイの後ろ姿が写っていた。

明るい色のチェックのシャツ。栗色の髪。彼女は、ギターを肩から吊り、むこうを向いている。

その背筋が凛と伸びていた。

そんな彼女と向かい合っているのは、親父だった。メイに向けて笑顔を見せている。

同じように肩からギターを吊って、笑顔を見せていた。

録音の合間、親父が彼女に何かジョークを言った、そんな感じだった。

僕は、その写真を見たとき少し驚いたものだった。

親父はもともと物静かな人間だった。口数も、どちらかといえば少なめ。あまりジョークなど口にするタイプではなかった。そんな親父のあれほど明るい笑顔を初めて見た気がした……。

なので、その頃、親父とメイはかなり親しかったと思えた。

「その息子からメッセージがきたとなれば、連絡をくれる可能性は高いな」

僕は言った。ボビーもシェイクを手にうなずいた。

「そうだね。やってみるよ」

学校帰りの高校生たちが、にぎやかに話しながらマクドナルドに入ってきた。

♪

その2日後だった。

頼まれたギブソンの修理をしていると、スマートフォンが鳴った。液晶画面を見ると、かけてきた相手は、メイだった。

僕はスマートフォンを耳に当て、「牧野哲也です」と言った。2拍ほどの間があき、

「はじめまして。メイ。メイ・ファーガソンよ」と彼女が上手な日本語で言った。

想像していたより、若くて明るい声だった。少し緊張している感じはする。けれど、警戒している様子ではない。

「電話、ありがとう」と僕。

「ええ、ボビーがとても親切に説明してくれたから……」とメイは言った。

「それにしても、驚いたわ。こんなめぐり合わせがあるなんて……」

「そうだな。神様のいたずらかもしれない」と僕。

「で、ボビーが話したと思うけど、一度会って話ができないかな」と言った。メイは、しばらく無言でいた。

「少し考えさせてくれる？」と言った。

「もちろん、かまわない。急用ではないけれど、とても大切な話があるんだ」

「わかったわ。ありがとう。でも気持ちの整理をするのに数日くれないかしら」

「オーケー。待ってるよ」僕は言い、あっさりと通話を終えた。

ファースト・コンタクトは、これでいいだろう……。僕はそう思った。


♪

「あの車、また停まってるな……」

僕はつぶやいた。翌日の午後だ。

店の前は、海岸道路。その道路に1台の車が停まっている。グレーのセダン。たぶんマツダだ。地味で目立たない車だった。

うちの店から20メートルぐらい離れた路肩に、その車は停まっている。

エンジンは切っているようだ。

運転席には、男がいた。30歳ぐらいだろうか。四角い顔の形。それ以上はわからない。

昨日もその車は、そこに停まっていた。

怪しい……。海岸道路にじっと車を停めている理由がない。

そろそろ葉山は海水浴シーズンだ。水着姿の女の子たちが、車のそばをにぎやかに歩いていく。

体にぴっちりとしたラッシュガードを身につけ、SUP（スタンダップパドルボード）を運んでいく女の子たちもいる。

けれど、その男は何の反応もしない。女の子たちをちらりと見もしない。

不自然だ。

涼夏も、その車の存在に少し不安そうな顔をしている。

僕は、偵察に出てみた。店から出て、ぶらぶらと歩きはじめた。海岸通りを散歩しているように……。その車のそばを通る。ちらりと、運転席の男を見た。

30歳前後。黒い半袖のポロシャツを着ている。腕がやけに太い。何か格闘技でもやっているかのように……。

特徴的なのは、エラがはったカニのように四角い顔だ。そして眉が濃い。車のエンジンはかけていないので、びっしょりと汗をかいている。

簡単に言ってしまえば、カニのような顔の暑苦しい男だった。

僕がそばを通っても、あえて視線は合わさずじっと前を見ている……。やはり、不自然だ。

♪

店に戻ると、プロデューサーの麻田に電話をかけた。

1時間ほどかけ、これまでの出来事をすべて話した。

「ほう、5枚目のアルバムでリズムギターを弾いていたのは、女性ギタリストだったか」と麻田。

「確かに、しなやかなピックさばきだったな……。あのギタリストが女性だったとしても、そう驚く事じゃないんだろうな」と言った。

僕は、その女性ギタリスト、メイにやっと連絡がとれた事も話した。

「なるほど、いい展開だな……」と麻田。

「それはそれとして、どうやら店のそばで張り込んでいる怪しいやつがいて……」と僕。

カニ男の事も話した。

「もしかしたら、どこかで情報が漏れたのかな？」と麻田。

「そうかも……」と僕。

「牧野道雄が書いたとされている曲を、血まなこになって探してる連中は、あのZOOをはじめかなりいるようだ」

と麻田。僕はうなずいた。

「音楽業界も広いようで狭い。どこの誰からか情報が漏れても不思議はない。くれぐれも用心してくれ」麻田が言った。

そのやりとりを終えた僕は、ボビーに電話をかけた。

「ちょっと頼みたい事があるんで、明日、葉山まで来てくれないか？」と言った。


♪

♪


「皆勤賞《かいきんしょう》ものだな」僕は苦笑してつぶやいた。

翌日。午後1時過ぎ。例のカニ男は、また海岸道路に車を停めている。

1時半。バイクの音がしてボビーがやってきた。

僕は、店のドアから出る。ボビーがバイクを停めておりた。背負っているデイパックから、一通の封筒を出した。

B4サイズの封筒。ボビーは、それを僕に渡した。停めてある車から、カニ男がそれをじっと見ているのがわかった。

「ご苦労さん」とボビーに言った。

「店に入れよ。涼夏が冷えたコークでも出してくれるよ」

僕はそう言うと、ボビーから受け取った封筒を手に、うちの車に向かう。

カニ男が、車のエンジンをかけた音がした。

店のわきには、ギターやドラムスを運ぶためのワンボックス・カーが駐めてある。僕はそれに乗り込んだ。エンジンをかけ、ゆっくりと海岸道路に出ていく。カニ男の車も、静かに発進した。

尾行してくる……。


♪


10分後。僕は、葉山町内のファミレスに車を入れた。カニ男の車も、もちろんあとから駐車場に入ってきた。

4台ほど離れたスペースに駐車した。

僕は、封筒を手に店に入る。半端な時間なので、ファミレスはすいていた。

僕はテーブル席の1つにかける。ドリンクバーのオーダーを入れ、カルピスソーダをとってきた。

カニ男は、少し離れたテーブルについている。

僕は、封筒から楽譜のコピーを出した。テーブルにそれを置く。カルピスソーダを飲みながら楽譜を眺めているそぶり……。

カニ男が、トイレに行くふりをして僕のすぐ後ろを通った。通るとき、僕が眺めているのが楽譜である事をチラリと確認したようだ。

僕は、しばらくその楽譜を眺めながら、カルピスソーダを飲み干した。

楽譜を封筒に戻すと、またドリンクバーに行った。2杯目のカルピスソーダをグラスに注いでいると、カニ男が素早く動いた。

僕のテーブルに行き、楽譜をつかむ。そして店を走り出ていった。

22　運命だったのさ

やつは、自分の車に走る。

ドリンクバーにいた僕からは、カニ男が封筒をかっさらっていったのは見えた。が、わざと放っておく。カニ男の車は、タイヤを鳴らし急発進！　駐車場を出ていく……。


♪


20分後。店に戻ると、ボビーがギターを弾いていた。

ビートルズの〈All My Loving《オール・マイ・ラヴィング》〉を弾いている。以前のような気負いは感じられなくなっていた。楽しそうにテレキャスターを弾いている。

そのボビーが、

「あれでよかったの？」とギターを止め僕に訊いた。

「ああ、おかげで上手くいったよ」と僕。

「あそこで張り込んでるカニ男がうざかったんで、ちょっとからかってやっただけだ」と言った。

「からかった？」と涼夏。

僕は説明する。

ボビーがバイクで持ってきた封筒には、何も入っていない。昨日の電話で、〈空の封筒を持ってきてくれ〉と頼んだのだ。

その通り、ボビーはバイクでやってきて僕にＢ４サイズの封筒を渡した。

張り込んでいたカニ男からすると、封筒の中に大事な物が入っていて、それが僕に届いたように見えただろう。

その封筒を持って、僕は店のワンボックス・カーに乗った。

そのワンボックスには、あらかじめ同じＢ４サイズの封筒を置いてあり、中には楽譜のコピーが入っていた。

そして、ワンボックスで僕は町内のファミレスに行った。席につき、飲み物を手にする。

封筒から楽譜のコピーを出して眺めているふり……。

それをちらりと見たカニ男は、しめたと思っただろう。それが問題の曲の楽譜かもしれない……。可能性はある……。

僕がドリンクバーに行ったすきをつき、テーブルの楽譜をかっさらっていった。

そんななりゆきを僕は話した。


♪


「で、その封筒には何の楽譜のコピーが入ってたの？」とボビー。

「ベートーヴェン」と僕。店のすみの楽譜が並んでいる棚をさした。楽器店であるうちには、少しだがクラシックの楽譜も置いてある。

「ベートーヴェン？」とボビー。

「ああ、ベートーヴェン作曲の交響曲第五番〈運命〉」と僕。

「第五番〈運命〉って、あのダダダダーンってやつ？」涼夏が言った。

僕は「その通り」と言って苦笑した。

「いま頃、あの連中、どこかで鑑賞してるだろうな。ひどくむかついた顔をして……」

苦笑したまま僕は言った。

「まあ、おれの知った事じゃない。そういう運命だったのさ」

「でも、あの人たちってなんなの？」ボビーが訊いた。

「まあ、いわば隠れたヒット曲を必死になって探しまわってる音楽業界の連中さ」僕は言った。中には、あのＺＯＯの息がかかったゴロツキもいるかもしれない。が、必要以上に警戒してもしょうがない……。


♪


メイから電話がきたのは、４日後だった。

「いろいろ考えたんだけど、あなたと会う、その決心ができたわ」と彼女。

「ありがとう」と僕。「で……いつ、どこで会う？」

「よければ、うちに来ない？　軽く飲みながら、ゆっくり話せるし……誰にも邪魔されないし」とメイ。横須賀にある自宅の場所を教えてくれた。

「明日はどう？」とメイ。

「もちろん、オーケー。時間は？」

「午後3時までギターのレッスンをしてるから、それが終わる頃にどうかしら」

「了解」


♪


メイの家は、丘の上にあった。

僕は、いちおう尾行されていないか警戒して、ゆるい坂道を上がっていく……。

横須賀の港を見下ろす小高い丘。

そこに、アメリカン・スタイルの家が4軒並んでいる。明らかに、米軍関係者のために造られた家だ。その1軒がメイの家らしい。

木造二階建てで、オフ・ホワイトのペンキが塗られている。

玄関に行くと、微かにアコースティック・ギターの音が聞こえた。どうやら、まだレッスンをやっているようだ。

僕は、空を見上げた。もう真夏を感じさせる空。カモメが2羽、ゆっくりと視界を横切っていった。

5分後。ギターの音がやんだ。レッスンが終わったらしい。

やがて玄関が開き、制服を着た女の子が出てきた。女子高生らしい。ギターケースを背負って丘を下っていった。

それを見送ると、僕はドアのチャイムを押した。玄関が開き、そこにメイが立っていた。

♪

お互いに微笑をかわし、握手した。

「聞いていた通りだ」と僕。

「どんなふうに聞いてたの？」

「チェックのシャツが似合う美人」と言うと、彼女は白い歯を見せた。いまも、夏らしいブルーのチェックだ。

「お世辞でも嬉しいわね」と彼女。「あなたも、予想通りよ」

「どんな？」

「お父さんの道雄さんそっくり、痩せ型で背が高い。指が長い」

「ギタリストだからね」今度は僕が笑顔を見せた。

確かに、彼女は聞いていた通りの人だった。けれど、かなり意外なところもあった。親父と一緒に録音をしてから、14年か15年たっているはずだ。なので、三十代の女性だと想像していた。

が、どう見てもまだ二十代に見える。肌にぴんとした張りがあり、スリムジーンズをはいた脚《あし》はすらりと長い。文句なしの美しいアメリカ娘だが、同時に芯の強さも感じさせた。

「さ、入って」メイが言った。


♪


5分後。

僕らは、家の裏庭にいた。裏庭と言っても、そこから横須賀の港が一望できるロケーションだ。

芝生の庭に、シンプルな木の椅子とテーブル。彼女は、金属のバケツをテーブルに置いた。バケツの中には、氷水とBUD……。

「暑いわね。まずは一杯」とメイ。僕らは、BUDの缶を合わせて、

「はじめまして」の乾杯をした。よく冷えたビールがノドを滑り落ちていく。

♪

僕が訊きたそうにしていたらしく、

「生まれたのはグアムよ」とメイが口を開いた。

「確か、アンダーセン空軍基地があるグアム？」と訊くと彼女はうなずいた。

「父は軍に勤務しているコンピューター・エンジニアなの。だから、正確に言うと軍人ではないのだけれど……」とメイ。

僕は、うなずいた。いまや、どんなジェット戦闘機も航空母艦も、コンピューターで制御されているのは常識だ。

「そして、3歳のときに、沖縄の嘉手納《かでな》基地の近くに移ったわ」と彼女。「その頃から、日本人の友達がたくさん出来て日本語を話すようになったの」

と言った。僕は、うなずいた。彼女が話す日本語は、いわゆるアメリカ人が話す日本語ではない。もし電話で話せば、メイのことをまず日本人だと思うだろう。その理由がわかった。

♪


「音楽と出会ったのは、沖縄で暮らしはじめた3歳の頃ね」とメイ。

「両親はもともと音楽が好きで、家の中ではいつもジャズやポップスが流れてたわ」と言い、BUDをひと口。

「初めてオモチャのようなギターを買ってもらったのは、4歳のときだったわ。でも……」

「でも？」

「すぐにちゃんとしたギターが欲しくなって、ショートスケールのアコギを手にしていたわ」

ショートスケールとは、ジュニアの入門用に普通より少し小型に作ってあるギターの事だ。

「でも、あなたは、4歳の頃にF_7のコードを弾けるようになってたんですって？」

メイが言った。

「え？　それは親父に聞いた？」

「もちろん。道雄さんに聞いたわ」と彼女。そして、

「わたしも、まだ小さかった手でギターを練習した。一生懸命というより、何かに憑《つ》かれたように……」

とつぶやいた。目を細めてはるか下に広がる横須賀の港を見つめている。

遅い午後の陽射しが港にあふれている。停泊しているグレーの船体は、米海軍のイージス艦らしい。

彼女が目を細めて見つめているのは、軍港の光景であり、小さな手で懸命にギターを弾いていた日々なのかもしれない……。

♪

「その頃から、チェックのシャツを？」僕は訊いた。メイは微笑してうなずいた。

「ママが最初に買ってくれたワンピースが、ギンガムチェックだったわ……。それ以来、ずっとチェックが好きなの」と言った。BUDをひと口。

「何歳になっても、チェックのシャツを着ていると、あの7歳の頃の自分でいられる気がして……」

ゆるぎなく午後の海を見つめていた……。唇を結んだ凜とした横顔が美しかった。

「そう。何事にもひたすらピュアだったあの頃……」とメイはつぶやいた。その視線は、

「7歳の頃？」

♪

「バンドはやらなかった？」僕は訊いた。

「その頃、わたしのまわりでバンドをやってたのは、たまたま男の子たちばかりで、わたしは入れてもらえなかった……」

「そうか……」

「しかも、彼らがやってたのはいわゆるヘビーメタルっぽくて、わたしのやりたい曲とは違ってたわ……」

「なるほど……。じゃ、ギターを教わったのは？」

「先生は、主に教則本とCDね」

「ほとんど独学か……」

「そうね。だから、わたしの弾き方には少し癖があると思う」メイが言い、僕はうなず

いた。

「でも……。その事はあまり気にならなかったわ。最高の先生がいたから」

「最高の先生？」

僕が訊くと、メイは家に入り、数枚のＣＤを持ってきた。それはすべて、〈フィフス・アベニュー〉のアルバムだった。

「わたしの教則本はすべてがこれで、先生は牧野道雄さんだったの」

23　ギターを弾くために生まれてきた

また、カモメが1羽、視界をよぎった。

「……あれは、わたしが12歳のときだった。父の転属で沖縄からこの横須賀に移ってきたの。それと同時に、この〈フィフス・アベニュー〉に出会ってしまったわ」

とメイ。

「〈フィフス・アベニュー〉であり、親父の弾くギター？」と訊くとうなずいた。

「そう……。本当に出会ってしまったって感じね」とメイ。

「両親にどうしてもと頼み込んで、テレキャスターの1969年モデルを手に入れたわ……。それ以来、〈フィフス・アベニュー〉の曲を毎日9時間とか10時間とか弾いてた……」と言った。

「毎日9時間とか10時間とか練習するってすごいな……」

僕はつぶやいた。それは本音だった。

「確かにあれほど何かに熱中できたのは、生まれて初めてだった。自分は、ギターを弾くために生まれてきたとも思った……」

微かに苦笑しながら、メイは言った。

♪

「そうしていたある日、ものすごいチャンスがきたの。わたしが18歳のときだった」

「チャンス?」

「そう。〈フィフス・アベニュー〉が横須賀でコンサートをやる事になったの」

「へえ……」

「しかも、米軍基地の中にあるコンサートホールで」

「基地の中……」

「そう。その頃の〈フィフス・アベニュー〉は、4枚目のアルバムを出したところで、かなりいろいろな会場でコンサートをやってたみたい」

「そこで、基地の中でも……」

「ええ、横須賀芸術劇場の大ホールでコンサートをやって、その翌日に米軍基地の中のホールでやる事になったらしいわ」

「なるほど」

「そこで、わたしは父の知り合いに頼んで、公演の後の楽屋に入れてもらったの」

「楽屋か……」

「ええ。わたしとしては、自分のギターに牧野道雄さんのサインをして欲しくて……」

「なるほど。で？」

「公演が終わった後の楽屋に行ったの、すごく緊張して」

「そしたら、親父は？」

「とても気さくに対応してくれたわ。わたしは自分のテレキャスターを出してそれにサインをして欲しいとお願いしたの」とメイ。

「でも、そのとき神様が微笑んだのね」と言った。

「神様……」


♪

メイの使っているテレキャスターを見た親父は、じっとそれを見つめていたという。

「ギター全体が傷だらけで、特にフレットの指が当たる部分は、ひどくすり減ってたから……」

それは、毎日の猛練習の結果だったと彼女は言った。

すると親父は、もうコンサートが終わった会場にメイを連れて行ったという。

「アンプにシールドケーブルをつないで、弾いてみてくれと道雄さんが言ったの」

そこで、彼女は〈フィフス・アベニュー〉の曲を弾いたという。

親父は、それをじっと聴いていたらしい。やがて、親父も自分のギターを出してきて、熱いセッションをしたという……。

「すでに人けのなくなった暗いコンサート会場で、二人きりで弾いたわ。1時間以上、弾いていたかもしれない」

すると親父はメイにこう言ったという。

「もしかしたら君の力を借りる事になるかもしれないから、連絡先を教えてくれと言われて、携帯の番号を教えたわ」

♪

「読めた」僕はつぶやいた。

4枚目のアルバムを出したその頃は、親父とリズムギターの松本の関係がぎくしゃくしてきた頃でもある。

キャッチーで派手な曲をやろうというマツキヨと、あくまでそれまでのスタイルを守る親父。その二人の対立が深まっていった頃なのだろう。

「親父としては、近々、マツキヨと決裂するかもしれないと思っていたんだな……」と僕。メイがうなずいた。

「あとから思えば、そういう事なのね。道雄さんとしては、松本清高さんにかわるギタリストを探しはじめていたらしい……」

「そこへ、君が現れた。幸運の女神のように」僕は笑顔で言った。BUDをひと口……。

「女神かどうかはともかく、道雄さんはわたしが弾くギターを気に入ってくれたのね。その日から4カ月ほどしたある日、突然連絡がきたの」

とメイ。それは、たぶん、親父やスカ爺とマツキヨが、もめにもめて決裂した頃だったんだろう。

「わたしは、わけもわからずスタジオに行くと、すでに出来ていた新曲のスコアーを渡されて……」

「で、〈フィフス・アベニュー〉のラスト・アルバムになる5枚目の録音に君は参加した……」と僕。メイは微かにうなずいた。

それで、かなりの事情がわかった。彼女が、〈フィフス・アベニュー〉のラスト・アルバムの録音に起用された事情が……。

♪

横須賀港に反射する陽射しが、夏ミカンの色に染まってきた。メイは、目を細めそんな港を眺めている……。

「録音は楽しかった？」

「もちろん。わたしは緊張してたけど、道雄さんがリラックスさせてくれて、なんとか順調に進んだわ。ほかのメンバーもわたしには優しかったし……」

その頃を思い出す口調で彼女はつぶやいた。港の方からゆるやかな海風が吹き、彼女の栗色の髪をそっと揺らせた。

「あとで聞いた事なんだけど、その5枚目のラスト・アルバムの録音には、それまで以上に時間をかけたらしかった」

僕は、BUDを手にうなずいた。

「親父にとっては、〈フィフス・アベニュー〉でのラスト・アルバムになるわけだから、思い入れも強かったんだろうな」

「たぶん、そうだと思う。1曲1曲すごくていねいに録音して仕上げていったわ。やがて、気がついたら、アルバムは出来上がってた……」

メイが言った。

その録音をしている間に、〈バラード・フォー・メイ〉という例の曲を親父が作らなかったか、話題に出そうかと思った。

けれど、僕はためらった。

その話をするには、もう少し時間をかけた方がいい。メイとの信頼関係がもう少し濃くなってからの方がいいと思えたのだ。

♪


見下ろす港の海面。小さな船がゆっくりと動いていく。

あれは、タグボートなのだろう。そのボートが海面に細い航跡を引いていく……。

「その録音が終わる頃には、ほかのレコード会社から誘いは来なかったのかな?」と僕。

メイは、苦笑して、

「いくつか来たわ。しょうもない話が……」と言った。

「しょうもない話?」

「そう、しょうもない話よ」と苦笑した。

「それって?」

「まあ、代表的なのは〈ギターをかき鳴らしながら歌うアメリカ人のロック娘〉ってところかなあ……」と彼女。

「なるほど、わかるよ」と僕も苦笑した。

彼女は若いアメリカ娘で、ギターが上手く、ルックスがいい。そこに目をつけるレコード会社がいても不思議はない。

「真《ま》っ赤《か》なレザーのジャンプスーツに身を包んで、ギターをかき鳴らす……。ロックの王道だな」

と僕はジョークを言った。彼女は鼻にシワをよせて笑った。

「でも、笑えないわね……。ほとんどそれに近い感じの企画やアイデアが、いくつか持ち込まれたの」

「で？」

「丁重《ていちょう》に、お断りしたわ」とメイ。

「わたしはただギターを弾くのが好きな娘で、芸能人やスーパースターになりたいわけじゃないもの」と言った。

僕はうなずいた。彼女らしいなと思った。

「その頃、道雄さんにそんな話をして相談した事があったんだけど、彼は、ただ苦笑いしてたわ」とメイ。

「わたしが、そんな話にのるわけはないと思っているから、道雄さんは、ただ静かに苦笑してた……」

と彼女。

「その苦笑いしたときの目尻の皺《しわ》がとても素敵だったわ」と言った。

♪

陽がさらに傾いてきた。見下ろす港の海面は、薄いグレーに染まっていた。
僕は目を細め、そんな横須賀の海を眺めていた。
そして、気になっていた事を思い切って訊いてみた。
「……そんな親父に恋愛感情みたいなものを持った事はなかった？」と訊いた。
当時、メイは18歳か19歳。そして、親父はまだ40歳前後。
あり得ない事ではない。
どうなのだろう……。僕は、じっと彼女の横顔を見ていた……。

24　心を寄せている人がいるから

メイはしばらく微笑していた。やがて、

「それに近い想いがなかったかと言えば嘘になるかな……。ギタリストの道雄さんに対する尊敬と、恋愛感情が入り混じったものがあったと思うわ、正直に言って……」

とつぶやいた。

僕も、微かにうなずいた。

「……半年以上におよぶアルバムの録音が終わりに近づいてきた頃、わたしは思い切って道雄さんに訊いたの」

「なんて？」

「……わたしの事、どう思ってます？　そんなふうに訊いたと思う。たまたまスタジオに二人しかいないときだった……」とメイ。

「いまから思えば、かなり大胆な発言だったわよね」と言い、いたずらっ子のように鼻にシワをよせて笑顔をみせた。

「まあね……」と僕。

「そしたら親父は？」

「君は優れたギタリストだし、正直言って素敵な女性だと思う。ただ……」

「ただ？」

「いまの私には、心を寄せている人がいるものでね……。道雄さんは微笑を浮かべてそう言ったの」

とメイ。僕は、かなり驚いていた。

その頃の親父に、心を寄せている相手がいたなんて……。思い切り意外だった。

そんな僕の表情を見ていたメイが、

「その事については、あなたにもっとちゃんと話したいし、渡さなきゃいけないモノもあるし、来週あたりあなたのお店に行っていい？」と言った。

「それは、もちろん」と僕はうなずいた。

あたりに黄昏《たそがれ》がせまってきていた。横須賀港のあちこちに灯《ひ》がともり、港の海面に映って揺れていた。風が涼しくなってきていた。

♪


彼女は約束を守った。

翌週木曜日。午後3時過ぎ。店の前に、少しくたびれた白いフィアットが停まった。

僕が店のドアを開けると、運転席からメイがおりてきた。今日もチェックの半袖シャツを着て、スリムジーンズ姿だ。

小さな青い花束を持っていた。ゆっくりと店に入ってきた。そして、あたりを見回している……。そこに親父の姿を探すかのように……。

涼夏はいま、親友のタマちゃんのところに行っている。

そして、

「親父の仏壇みたいなものはなくてさ。本人も、そういうの嫌いだったから」

僕は言った。二階から、白い額に入った写真を持ってきた。

親父と涼夏が写っている写真だ。

涼夏がまだ4、5歳だった頃だ。親父と涼夏が、防波堤で小魚を釣り上げた。

二人でその魚を持って、僕がかまえたカメラに思い切り笑顔を見せている写真だ。真夏の陽射しが、あふれている。

親父も以前からこの写真が好きだった。なので、いまも額に入れて飾ってある。

メイは、その写真の前に持ってきた小さな花束を置いた。そして、手を合わせた。

「道雄さん……」とだけつぶやいた。しばらく、そうしていた。

その頬に、涙がつたっていた。

「神様は意地悪ね……あんな才能がある人を、こんなに早く……」と涙声で言った。僕は、メイの肩に手を置いた。

「あの親父のことだから、天国でもギターを弾きまくってるさ」と言った。

「そうかもしれない……」とメイ。頬の涙をハンカチでぬぐい、写真を見つめている。

「これが涼夏ちゃんね……」とつぶやいた。

「ああ、まだ4歳ぐらいの頃だよ」僕が言うとうなずいた。

「可愛い……」とまたつぶやき、じっと写真の涼夏を見ている……。なぜか、いつまでも……。

♪


「ただいま」と声がして、涼夏が店に帰ってきた。黄色いTシャツ姿だった。

メイは立ち上がる。涼夏と向かい合った。

「メイさん……」と涼夏がつぶやいた。ちょっと緊張した表情……。彼女の事は、涼夏には詳しく伝えてあるのだけれど……。

「あなたが、涼夏ちゃん……。こんなに素敵なお嬢さんに育って……」と言い、一瞬、涼夏を抱きしめた。強く抱きしめた。

「ごめんなさい。会えるまで、こんなに時間がかかったなんて……」とメイ。言葉をつまらせ、

「もっと早く会えば良かった……」と言った。そして、

「あなたに渡さなきゃいけないモノもあったのに……」とつぶやいた。

「渡さなきゃいけないモノ？」と僕。

メイは、小さくうなずいた。

♪

その30分後。僕らは、店の前にいた。

海岸通りから砂浜におりる石段に腰かけていた。

小さな石段を7段ほどおりると、真名瀬の砂浜におりられる。その石段の真ん中あたりに腰かけていた。

「横須賀に比べると、やはり海がきれい……」とメイがつぶやいた。海風を大きく吸い込んだ。

今日、海は穏やかだ。さざ波がリズミカルに砂浜を洗っている。波打ちぎわに散った水は、ビー玉のように光っていた。

「あ、そうそう、大切なものを渡さなくちゃ……」

メイが言った。車からおろしてきたギターケースを開けた。

アコースティック・ギター。そして、譜面がある。

彼女は、その譜面を手にとった。

譜面の表紙。ボールペンの走り書き。

〈バラード・フォー・メイ〉と読めた……。

これが、あの曲……。僕は、すこし緊張して、その走り書きをじっと見つめていた。

「長いあいだ預かっていたけど、やっと渡せるわ」メイは言った。そして、その譜面を僕らに差し出した。

「……でも、これは親父があなたのために書いた曲じゃ……」

と僕。メイは、首を横に振った。そして微笑した。

「ここには、たまたま、カタカナで〈メイ〉と走り書きしてあるけど、この〈メイ〉は、わたしじゃないの」

「あなたの事じゃない?」

「そう……。わたしじゃなくて、涼夏ちゃんの事なのよ」

とメイは言った。とり出したシャープペンシルで譜面の表紙に書きたした。

〈バラード・フォー・メイ〉、その〈メイ〉の下に〈姪《めい》〉と漢字で書いた……。


♪

僕は、頭を殴られたようなショックをうけていた。

そうか……。〈メイのためのバラード〉は、実は〈姪のためのバラード〉だったのだ……。涼夏も驚いた表情で、その譜面の表紙を見ている。

♪


「あれは、〈フィフス・アベニュー〉の録音が後半に入った頃だった……」

メイが海を眺めてつぶやいた。

「道雄さんが、合間を見ては何か作曲をしてるのに気づいてた」とメイ。

「そこで、何を書いてるの？　と訊いてみたの。そしたら、〈姪の涼夏に贈る曲なんだ〉と彼は言ったの……」

海を眺めてメイは言った。

「その日の録音は早めに終わったんで、わたしと道雄さんは二人で食事に行ったの。そこで、彼はゆっくりと話してくれた。涼夏ちゃんについて……」


♪

頭上でカモメの鳴き声がしていた。

「道雄さんには、孝次さんという弟がいる。ギタリストの道雄さんとは対照的なエリート商社マン。つまり、エリート家族だというの」

僕はうなずいた。

「その娘が涼夏ちゃんで、1歳下の弟もいるんだけど、その弟さんもすごい秀才だった」

「確かに……」

「ところが、涼夏ちゃんは生まれつきのオテンバ娘で、そんなエリート家族の中で完全に浮いてたらしいわね」

「確かに……」僕は、また答えた。

「両親は、涼夏ちゃんが少しはお淑《しと》やかな娘になるように、書道教室に入れてみた」とメイ。涼夏は、小さくうなずいた。

「ところが、涼夏ちゃんは書道の筆で男の子とチャンバラごっこをして、服を墨だらけにしてきてしまった」

涼夏は、うつむいた。

「そんなわけで、両親は涼夏ちゃんに、ある意味愛想をつかしたみたい」メイが言い、僕はうなずいた。その通りだ。

♪

「で、その年のゴールデンウィーク、涼夏ちゃんの家族はアメリカ旅行に行ったらしいの」とメイ。

「フロリダのディズニーワールド」と僕が補足した。

その事はよく覚えている。

「ところが、両親は涼夏ちゃんをこの葉山に預けて、家族旅行に行ってしまったんですって」

「ああ……涼夏が確か4歳のときだったな……」

僕は思い返し、

「それは涼夏へのペナルティーであり、オテンバな涼夏が、足手まといだったのかもしれない」とつぶやいた。

25 YOU CAN CRY

「そんなある日の夕方。道雄さんが海岸通りから見ると、涼夏ちゃんが一人ぽつんと砂浜に座っていたらしいわ。両膝をかかえて、じっと海を見つめていた……」

とメイ。

「その小さな後ろ姿を見ていた道雄さんは、たまらない気持ちになったんですって。涼夏ちゃんの事が不憫《ふびん》に思えて……」

と言った。

僕は、うなずいた。

もともと、親父は涼夏の事を、実の娘のように思っていた。

「……そこで、道雄さんは涼夏ちゃんの背中を押して元気づけるために曲を贈ろうと思ったのね」

とメイ。

「おれに出来るのは、せいぜいこれぐらいだし、と彼は苦笑いして言ってたわ」

とメイは微笑した。

「つまり、道雄さんがそのとき心を寄せていた相手っていうのは、涼夏ちゃんだったの……」

とメイ。僕は、うなずいた。そういう事だったのか……。

「親父らしいな……」とつぶやいた。


♪


「〈フィフス・アベニュー〉の録音も終わりに近づいた頃、その曲も出来上がったみたい」とメイが言った。

「道雄さんが、わたしに言ったの。出来たら、この曲に英語の歌詞をつけてくれないかって……」と続けた。

「どんな意味の詞を？　と訊くと、彼はこんなシンプルなのがいいなと、ちょっと照れた顔で言ったわ……」

もし君が悲しみをかかえたら
海に向かって泣いてもいいよ
ユー・キャン・クライ
ユー・キャン・クライ
オン・ザ・ビーチ

もし君が孤独をかかえたら
海に向かって泣いてもいいよ
ユー・キャン・クライ
ユー・キャン・クライ
オン・ザ・ビーチ

「こんな内容のサラリとした歌詞がいいなと、道雄さんは言ったの」とメイ。
僕は、うなずいた。悪くないと思った。

「それで、英語に訳した歌詞はつけたの?」とメイに訊いた。

「〈フィフス・アベニュー〉の録音がほとんど終わったんで、わたしは英語の歌詞をつけようとしたの。そしたら」

「そしたら?」

「道雄さんから電話がきて、あの件はちょっと待ってくれないかと言うの」

「……なぜ?」

「道雄さんが言うには、姪の涼夏に曲を贈るのが、ちょっと照れくさくなったんですって」

とメイ。

僕は苦笑い。照れ屋の親父らしい……。

「それと、4歳の涼夏にこの曲に込めた思いがわかるかどうか……。なので、この曲は君がしばらく預かっておいてくれないかと道雄さんが言ったの……」

メイが言った。

「親父としては、涼夏がもう少し成長してから聴かせるつもりだったのかもしれないな」と僕。

「涼夏がいずれ10歳になったとき……15歳になったとき……あるいは18歳になったとき……」とつぶやいた。

「……でも、そのチャンスがこないうちに道雄さんは旅立ってしまった……」メイが、少ししんみりした口調で言った。

♪

さざ波が、リズミカルに砂浜を洗っている。

メイは、ギターケースからアコースティック・ギターを取り出した。

「すごくシンプルだけど、深いメロディーよ」

とメイ。ピックではなく、指で弾くらしい。

ギターの弦が、陽射しを受けて銀色に光っている。メイが、5本の指でゆったりとメロディーを弾きはじめた……。

僕も涼夏も耳をすます。

4小節のイントロが流れはじめた……。そして、Aメロ……。

限りなく美しく、切なく、深みのあるメロディーだった。

これまで、聴いた事がないような……。

♪


1《ワン》コーラス弾いたところで、メイが涼夏を見た。

「これが、天国の道雄さんがあなたに贈った曲よ」と言った。

小さくうなずいた涼夏の瞳から、涙があふれ出した……。涙は止まらない……。その細い肩が、震えている……。


♪


10分後……。

やっと涼夏が泣き止み、両手で頬の涙をぬぐった。

メイが譜面をめくった。

「歌詞があるけど、歌ってみる？」とメイ。

涼夏は、少しためらい、やがて微かにうなずいた。

メイがギターを弾きながら、小声で歌詞を口ずさむ。

涼夏が、ささやくような声で一緒に口ずさむ……。

♪

If you feel sad
（もし君が悲しみをかかえたら）
You can cry to the sea
（海に向かって泣いてもいいよ）
You can cry
You can cry
On the beach……

If you feel lonely
（もし君が孤独をかかえたら）
You can cry to the sea

（海に向かって泣いてもいいよ）
You can cry
You can cry
On the beach……

僕は、思い切り深呼吸。空を、見上げた。
空の上にいる親父に何か伝えようと思った。が……その何かは言葉にならなかった……。

そのかわりに思い出していた。
いつか、あのボビーがメイの事をこう言った。
〈ギタリストとしてどうという以前に、人として最高だと思うんだ〉と……。
僕は、そのひと言を、思い返していた。
ふり返れば、親父は、はたしてそういう言葉にふさわしい人間だったのか……。
そして、僕はこれからの人生で、はたしてそういう男になれるのだろうか……。

いまは答えのない問いを、僕は胸の中で静かに繰り返していた……。

黄昏の雲が、グレープフルーツ色に染まっている。

砂浜に、メイの弾く優しく切ないギターの音色が漂う……。

そして、ささやくような、泣くような涼夏の歌声が流れている。

はるか頭上に漂っているカモメたち……。その鳴き声が、バックコーラスのように聞こえていた……。

水平線から柔らかな潮風が吹き、涼夏が手にしている譜面のページが、微かに揺れていた……。

あとがき

砂浜に、ギターの音色とかすかな歌声が流れていた。僕は、ふと足を止めた。

ホノルル。アラ・モアナの砂浜に面した遊歩道。並んでいるベンチの1つに腰かけた男が、ギターを弾きながらイーグルスの曲を口ずさんでいた。

その白人男には見覚えがあった。

昨夜、僕はロケ隊のスタッフ2人とレストランにいた。ライヴ演奏をやっている店だった。飲み食いしている客たちの邪魔にならないほどのボリュームで、ライヴ演奏をしていた。

低いステージの上にいるバンドメンバーは4人。みな白人で中年だった。主に、ウエストコースト系の曲を演奏していた。

僕らは、BUDやモヒートを飲みながら、のんびりと彼らの演奏を聴いていた。

そのステージの中央で歌っていたのが彼だ。イーグルス。B《ボズ》・スキャッグス。J・D・サウザー。そんな曲たちを、控えめなボリュームでやっていた。

彼の渋いがよく通る歌声は、なかなか良かった。

アラ・モアナ・ビーチで再会した彼は、弾いていたギターを止めると、「ハロー」と言い微笑んだ。

「あんたたち、昨夜はステージに近い席にいたね」と彼。僕はうなずきベンチにかけた。彼と雑談をはじめた。

「ハワイ生まれなのか？」僕が訊くと、彼は首を横に振った。

「LAのサンタモニカで育ったんだ」

「へえ、ミュージシャンにとってLAは本場じゃないか」

「まあ、それはそうなんだが、私にとってはちょっとね……」

「性《しょう》に合わなかった？」と僕。彼は苦笑いしてうなずいた。数秒黙っていたけれど、

「LAでは、音楽がビジネスになり過ぎているんだ。大きな金が動く業界だからね」と言った。さらに、

「音楽関係者にとって、もちろん収入は大切だ。けれど、あまりに多くの人間たちが金

稼ぎに血まなこになってる姿はどうもなあ……」とほろ苦い口調でつぶやいた。

　僕はうなずいた。わかる……。

「それであんたはハワイに？」

「……ああ、エージェントには引きとめられたけど、ハワイに移り住んで音楽を楽しんで暮らす事にしたんだ」彼は穏やかな口調で言った。

「それは正解だった？」と僕。

「もちろんさ。風も人の心も温かくて、こんないい土地はないよ」彼は言い、深呼吸……。そして、ゆったりとギターを弾き〈Tequila Sunrise《テキーラ・サンライズ》〉を口ずさみはじめた。着ているアロハの袖が、潮風をうけてかすかに揺れた。

　その横顔は、いまの自分に対して完璧に満足している人のものだった。


　すでにこの小説を読んだ人には、この短いエピソードで僕が伝えたかった思いがわかると思う。

　ストーリーの中で、プロデューサーの麻田がこんな言葉を口にする。

「音楽にかかわるって事は、人生にかかわるという事だからな」

そう……。たとえばその人間が音楽にどうかかわってきたかは、その人間がどう生きてきたかを物語ると僕は思う。

まっとうな生き方をしてきたのか、目先の損得ばかり考えてせこく生きてきたのか……。

今回の作品では、これまであまり描かなかった哲也の父・道雄についてもかなり詳しく書いた。

道雄が、一人のミュージシャンとして人生をどう闘ってきたのか。

チェックがよく似合う美しいギタリストのメイは、どんな女性で、道雄とはどのように心を通わせていたのか……。

そして、彼女メイは涼夏のデビューにどうかかわっていくのか……。

さらに……最後の一章に隠された意外な真実とは！

そのあたりの展開を楽しんで読んでもらえたら作者としては嬉しい。

『A7』からはじまったこのシリーズは、光文社文庫の藤野哲雄さんと園原行貴さんの三人体制でスタートを切った。そして今回の『F』は、藤野さんが異動になったため、ギタリストでもある園原さんとのダブルスで作品を完成させた。園原さん、お疲れ様でした。

この一冊を手にしてくれた読者の方には、サンキュー。また会えるときまで、少しだけグッドバイです。

干した春ワカメが潮風に揺れている葉山で　喜多嶋隆

★お知らせ

僕の作家キャリアも40年をこえ、数年前には出版部数が累計500万部を突破することができました。そんなこともあり、この10年ほど、〈作家になりたい〉〈一生に一冊でも本を出したい〉という方からの相談がきたり、書いた原稿を送られてくることが増えました。

その数があまりに多いので、それぞれに対応できません。が、そのことが気にかかっていました。そんなとき、ある人から〈それなら、文章教室をやってみてもいいのでは〉と言われ、なるほどと思いました。少し考えましたが、ものを書きたい方々のためになるならと思い、FC会員でなくても、つまり誰でも参加できる〈もの書き講座〉をやってみる決心をしたので、お知らせします。

講座がはじまって約8年になりますが、大手出版社から本が刊行され話題になっている受講生の方もいます。作品コンテストで受賞した方も複数います。

なごやかな雰囲気でやっていますから、気軽にのぞいてみてください。（体験受講もあります）

喜多嶋隆の『もの書き講座』
（主宰）喜多嶋隆ファン・クラブ
（事務局）井上プランニング
（Ｅメール）monoinfo@i-plan.bz
（ＦＡＸ）０４２・３９９・３３７０
（電話）０９０・３０４９・０８６７（担当・井上）
※当然ながら、いただいたお名前、ご住所、メールアドレスなどは他の目的には使用いたしません。

光文社文庫

文庫書下ろし

F《エフ》　しおさい楽器店《がっきてん》ストーリー

著　者　喜《き》多《た》嶋《じま》隆《たかし》

2025年4月20日　初版1刷発行

発行者　三宅貴久
印　刷　新藤慶昌堂
製　本　ナショナル製本

発行所　株式会社　光　文　社
〒112-8011　東京都文京区音羽1-16-6
電話（03）5395-8147　編集部
8116　書籍販売部
8125　制作部

ISBN978-4-334-10609-6　Printed in Japan

組版　萩原印刷